恋とポテトと夏休み

Love & Potato & Summer vacation

Haruma Kobe

神戸遥真

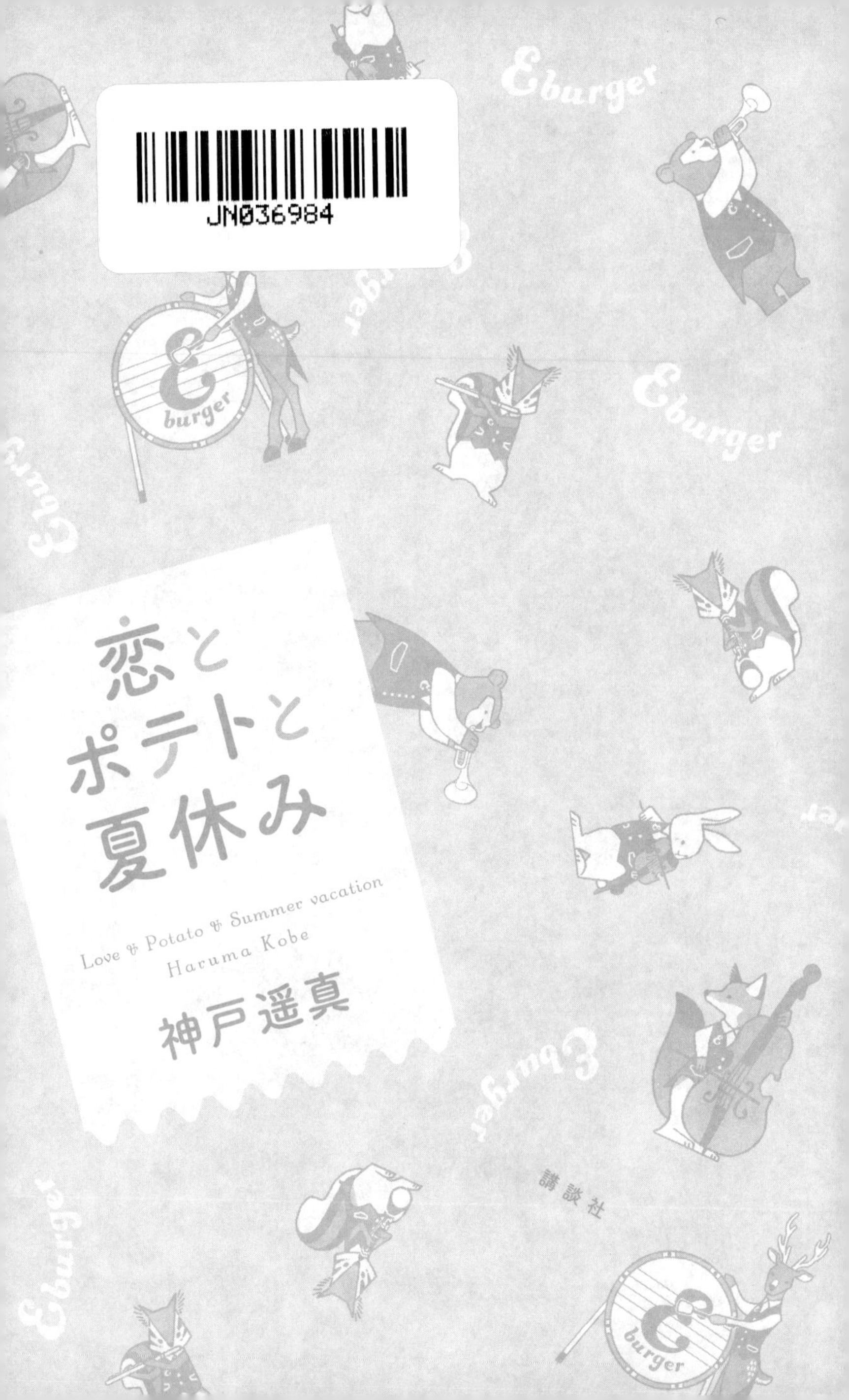

講談社

恋《こい》とポテトと夏休《なつやす》み

Eバーガー1

恋とポテトと夏休み

Eバーガー1　目次

装画
おとない ちあき

装丁
岡本歌織（next door design）

プロローグ

『Let's Enjoy!』

音符《おんぷ》がふわふわ浮《う》かぶ壁《かべ》の装飾《そうしょく》。そのまん中にあるポップな書体のそんな文字を、私はEnjoyとはほど遠い気分で眺《なが》めた。

どうしてこんなことに……。

なんて悔《く》やんでも、今、目の前にあるものが消えるわけじゃない。

ピカピカに磨《みが》き上《あ》げられた受《う》け渡《わた》しカウンター。

トランペットやフルート、クラリネットなどを持ったかわいらしいウサギやクマの天井飾《てんじょうかざ》り。

黒いトレーにストロー、ミルクやスティックシュガー、ペーパーナプキン。

レジで受けた注文を表示するディスプレイ。

ポロロロン、と明るいメロディが店内に響《ひび》き渡《わた》って顔を上げた。

店の入口の自動扉《じどうとびら》が開いたとき――つまり、お店が新しいお客さんを迎《むか》え入《い》れたときに流れる音だ。

「……おい、」

小学校の校庭のすみにあるトーテムポールみたいに固まっていると、背後から声をかけられた。

怖々《こわごわ》と声の主に顔を向ける。源《みなもと》くんの睨《にら》むような怖い目とかち合った。

「ちゃんと言えるよな？」

すごむような口調の源くんは、ダークグレーの半袖《はんそで》シャツに黒のパンツ、頭には赤と緑の音符の刺繍《ししゅう》があるバイザーというEバーガーの制服姿だ。

そしてその格好はそのまま、今の私の格好でもある。

どこからどう見ても、カウンターの中にいる私は今、このお店の店員以外の何ものでもない。

補充用《ほじゅうよう》に持ってきたペーパーナプキンの束で、源くんは今にもどついてきそうな形相だし……。

私は思いっ切り深呼吸をし、教えてもらったばかりの挨拶《あいさつ》を口にする。

「――いいいいらっしゃい、ませ、おはようございますっ！」

直後、予想どおり源くんにペーパーナプキンの束でどつかれた。

「なんで昼に『おはようございます』なんだよ」

仕事の挨拶は「おはよう」だって聞いてたからうっかり……って言い訳は呑《の》み込《こ》んでおく。

源くんの切れ長の鋭《するど》い目には、苛立《いらだ》ちと呆《あき》れの色が見えてもう泣きたい。

キッチンの方から、ポテトが揚《あ》がったことを知らせるタイマーの音が聞こえてきた。チャララ、チャララって愉快《ゆかい》なフレーズが、私のいたたまれなさをますます強くする。

こんなこと考えててもしょうがないってわかってても、心の中で何度も何度もくり返しちゃう。

どうしてこんなことに……っ！

1．いらっしゃいませ、こんにちは！

帰りのホームルームが終了《しゅうりょう》し、とうとう一学期が終わってしまった。

七月も半ば過ぎ。冷房《れいぼう》のきいた教室は、通知表が配られたときの緊張感《きんちょうかん》もどこへやら、もうすっかり浮《う》き立《た》った夏休みの空気に変わってる。

ある人は部活だと足早に教室を去っていき、またある人は教室に留《とど》まり仲のいい友人たちとおしゃべりに花を咲《さ》かせる。みんなはこれから訪《おとず》れる、高校生活初めての夏休みにウキウキわくわくなんだろう。

——ただし、その「みんな」は私を除く。

「優芽《ゆめ》ちゃーん」

名前を呼ばれ、自席に座《すわ》ったまま呆《ほう》けていた私は顔を上げた。

おしゃべりしていた女子グループの一つにいた深田《ふかだ》さんが、こっちに小さく手をふっていた。

文芸部所属の、ツインテールのかわいらしい女の子。ついおしゃべりの輪に入りそびれがちな私にも、何かと声をかけてくれる優《やさ》しい子だ。

「このあと、みんなでカラオケ行こうって話してるんだけど。優芽ちゃんも一緒《いっしょ》にどう?」

深田さんの言葉に、深田さんと一緒におしゃべりしていたほかの女の子たちの目もこっちに向いて、たちまち気まずいものを感じて萎縮《いしゅく》する。

みんなは別に、私のことなんて呼びたいわけじゃない。でも私がぼっちだからって、深田さんが気を遣《つか》って声をかけてくれたんだろう。

私は荷物をまとめて学生鞄《がくせいかばん》を肩《かた》に提《さ》げつつ、「ごめん」と小さく深田さんに謝《あやま》った。

「カラオケは、その……お母さんに、行くなって言われてて」

私の言葉に女の子たちは一斉《いっせい》に目を瞬《しばた》き、誰《だれ》かが「マジで?」なんて呟《つぶや》いたのまで聞こえてきて、私は学生鞄をぎゅっと握《にぎ》った。

すると、また気を遣わせちゃって本当に申し訳ない。深田さんは「こっちこそごめんね!」

と残念そうに返してくれた。

「優芽ちゃんち、お母さん厳しいんだったね」

少し前に、十月の文化祭に向けた打ち合わせが紛糾《ふんきゅう》して、帰りが遅《おそ》くなったことがあった。

そのとき、学校帰りにみんなでファミレスに行こうって話があったんだけど、門限の七時を過ぎちゃいそうだからって私だけ断ったのは記憶《きおく》に新しい。

「本当に、誘《さそ》ってくれたのにごめん」

「ううん。また何かあったら誘うから」

「じゃあ……また、二学期に」

「その前に登校日だってあるじゃん！」

「あ、そうだね……」

愛想笑《あいそわら》いに愛想笑いを重ねるような会話にいたたまれなくなり、私は手をふって教室を出た。

冷房のきいてない廊下《ろうか》は空気がじとっとしていて、むき出しの両腕《りょううで》にまとわりつく。

急いで帰る予定もなかったけど、かといって学校にいる理由もない。私は両足を機械的に動かして、廊下のあちこちでだべっている生徒たちの隙間《すきま》を縫《ぬ》うように昇降口《しょうこうぐち》を目指した。

夏休みの予定、結局、何もないままになっちゃった……。

こんなことなら、六月の終《お》わり頃《ごろ》にお母さんに言われた、「何もないなら予備校の夏期講習受けたら？」って言葉に素直《すなお》に頷《うなず》いておけばよかった。

でもあのときは、「何もない」って決めつけられたのがなんだか無性《むしょう》に悔《くや》しかったのだ。

おかげで、「夏休みは部活とか文化祭の準備で忙《いそが》しい」って嘘《うそ》も甚《はなは》だしい言葉を返しちゃって、今現在、猛烈《もうれつ》に後悔《こうかい》している。

額にじんわり浮かぶ汗《あせ》もそのままに、うだうだ考えながら廊下を歩いて階段を下りていたら、あっという間に昇降口に到着《とうちゃく》してしまった。いるのは部活に向かう運動部の生徒くらいで、まだそんなに人が多くない。みんな、友だちと夏休みの計画を立てるのに忙しくて帰れないんだろう。

だって、夏休みなのだ。

たくさん時間がある夏休み。

友だちと遊んだり色んなところに出かけたりできる夏休み。

素敵《すてき》な出会いがあるかもって期待したくなる夏休み――なのに。

私には、なーんにもない。

スニーカーに履《は》き替《か》えて昇降口から外に出ると、雲一つないぴーかんの青空で、お日様がギラギラと輝《かがや》き、なんにもない私の肌《はだ》すら無慈悲《むじひ》にこんがり夏色に焼こうとしてくる。

失敗から始まった高校生活、どうしたらいいのかわからないまま、夏休みに突入《とつにゅう》してしまった。

＊＊＊

そもそもの失敗は、半年前に遡《さかのぼ》る。

高校受験の本番、まさにその日に中途半端《ちゅうとはんぱ》な風邪《かぜ》を引いた。

これがものすごく高熱が出る風邪とかいっそインフルエンザとかだったら、再試験も可能だったかもしれない。咳《せき》と鼻水はあれど熱はなくて受験は可能だってことになり、大本命だった私立新宿幕張《にいじゅくまくはり》高校の入試に臨《のぞ》んだけど結果は散々だった。

後日、意気消沈《いきしょうちん》しながらも受験した公立の作草部《さくさべ》高校はなんとか合格。新宿幕張高校より作草部高校の方が偏差値《へんさち》は少し上で、お母さんは「結果オーライじゃない！」なんてにこにこだったけど。

やっぱり、私は新宿幕張に行きたかった。

私が新宿幕張高校に興味を持ったのは、中学二年生の夏のこと。

高校受験のことを二年生のうちから考えておくべきだって気が早いお母さんに勧《すす》められ、私はいくつかの高校の説明会に参加した。

そのうちの一校が新宿幕張高校だった。ＪＲの幕張駅からちょっと歩いたところにある、白《しら》壁《かべ》が目に眩《まぶ》しい立派な校舎の私立の高校。

立派なのは校舎だけじゃなく、最新の設備や教材も揃《そろ》っていてカリキュラムも先鋭的《せんえいてき》。そして部活動も盛《さか》んで、学校が積極的に支援《しえん》してるって話だった。

ひととおりの説明を冷房のよくきいた大きくて立派な体育館で聞いたあと、部活動の見学をすることになり、そこで観《み》たのが秋の文化祭に向けて練習中だという演劇部のステージ。

中でも目を惹《ひ》いたのが、部長だと自己紹介《じこしょうかい》した二年生の男子生徒だった。笑顔《えがお》で部活の紹介をしてくれた、すらっと背が高くてアイドルグループにでもいそうな甘《あま》いマスクの先輩《せんぱい》。いかにも爽《さわ》やかで優しそうな見た目。

なのに、演技では全然違《ちが》ってた。

ケガで楽器を弾《ひ》けなくなってしまった天才ヴァイオリニスト。彼《かれ》は腕を取《と》り戻《もど》すため、闇医《やみい》者《しゃ》に法外な手術費用を払《はら》うべく様々な過《あやま》ちを犯《おか》し、大事な人まで失ってしまう。最後に腕は取り戻すも、もう誰のためにヴァイオリンを奏《かな》でていいかわからない――

その先輩は、爽やかな雰囲気《ふんいき》はどこへやら、自分の才能と名誉《めいよ》にとらわれた悲劇のヴァイオリニストを見事に演じ切った。

私はこれでもかと拍手《はくしゅ》をしながら、人はこんなにも変われるのかと、未知なる世界をうっかり垣間見《かいまみ》たような心地《ここち》になっていた。

そして、演技を終えた先輩は最後にこう挨拶《あいさつ》した。

――昔は人前に出ることすら苦手でした。でも演劇部に入って、色んな役を演じて違う自分になれるのが、今は楽しくてしょうがないです。

違う自分になれる、って言葉が、素直な感動を伴《ともな》って私の胸にまっすぐ落ちた。

昔から、何をやるにしてもお母さんの意向が絶対だった。

それに疑問を持てど、何も言えない。そんな自分はカッコ悪いし好きじゃなかった。

でも、演劇なら、違う自分になれる……？

その先輩の言葉は、大げさかもしれないけど、希望の光みたいに思えたのだ。自分じゃ何もできない、自分じゃ何も選べないと思ってた私でも、手を伸《の》ばせば摑《つか》めるかもしれない、今とは違う自分になるためのチケットのようなもの。

何がなんでも手に入れたかった。そのために、勉強だってたくさんしたのに。

欲《ほ》しかったチケットは手に入らなかった。

そして、作草部高校には演劇部がない。

私の内心の絶望なんて誰も知らないまま、気持ちの折り合いなんてまったくつけられないまま、否応《いやおう》なしに高校生活はスタートした。

＊＊＊

私は高校を出ると、そのままますぐ最寄《もよ》り駅《えき》である西千葉駅《にしちばえき》を目指した。

日中はお母さんも働いていて、今家に帰っても誰もいない。

今日の朝食の席で、「お昼ご飯は冷凍食品《れいとうしょくひん》でもいいし、友だちと学校帰りにランチでもしてきたら？」なんていかにも物わかりのいい母親みたいな顔で言われたのを思い出す。

ランチをするような友だちなんていませんが何か？　という言葉は辛《かろ》うじて呑《の》み込《こ》んだ。

門限は七時、カラオケ・ゲーセンはダメ。そんな面倒《めんどう》な子を何度も誘ってくれるほど、子どもの世界は甘くない。深田さんだってきっと、そのうち誘ってくれなくなる。

国道沿いの道をたらたらと十分ほど歩いて西千葉駅に到着すると、ちょうど下りの総武線《そうぶせん》の電車がやって来て乗り込んだ。浮かんだ汗をハンドタオルで拭《ぬぐ》い、やや強めの冷房を心地よく思っていると五分もかからず千葉駅に到着し、再び蒸《む》し暑《あつ》いホームに追い出される。

JR千葉駅は数年前に改築したばかりで、昔は一階にあった改札が今は三階にある。十番線まである駅構内は広々空間、整備された駅ナカや駅ビルには色んなお店が揃ってて、ここだけで買いものが済んでしまう。高校生になって数少ないよかったことの一つが、定期券のおかげで千葉駅に自由に来られるようになったこととかも。

到着した総武線の一・二番線のホームから移動し、ICカードを改札にタッチした。手持ちのお金はそんなにないけど、ぶらぶらして本とか雑貨でも見よう。

うちの高校に演劇部がないのはしょうがない。それならそれで、映画同好会とか文芸部とか、部活やクラブに形だけでも入ればよかったって今なら思う。

けど仮入部期間だった四月や五月はとてもじゃないけどそんな気持ちになれず、もはやそのタイミングも逃《のが》した。部活に入れば、友だちくらいできたかもしれないのに。

視線はどんどん足元《あしもと》の方に落ちちゃって、自己嫌悪《じこけんお》の沼《ぬま》に沈《しず》んでく。

あのときこうしていれば。

こんなはずじゃなかったのに。

こんなことばかり考えているうちに、ろくに友だちもできないまま一学期が終わってノープラン・ノーイベントの夏休みに突入。

気がつけば、三階から一階に下りられるエスカレータの前で足を止めていた。

明日から、本当にどうしよう――

いっそこの場に蹲《うずくま》ってしまいたいくらいの気持ちでいた、そんなときだった。

すらりとした男の人が、私のすぐそばを通《とお》り抜《ぬ》けていった。

ラフな雰囲気の、襟《えり》つきの水色の半袖《はんそで》シャツ。肩に提げた黒いトートバッグ。

柔《やわ》らかそうな茶色がかった髪《かみ》に、目鼻立ちの整ったその横顔を見た瞬間《しゅんかん》。

記憶の蓋《ふた》が勢いよく開いて、私の心臓は大きく打った。

まさか、と思う。絶望のあまり、都合のいい幻《まぼろし》を見てるに決まってるんだ、とも。

たった一度会っただけ。それでも私には、とっても強烈《きょうれつ》なインパクトを残してくれた人。

新宿幕張高校の、演劇部の部長さん。

そんなわけないって思いながらも、エスカレータに並ぶその男の人を再度凝視《ぎょうし》する。

男の人がふいに横を向いて、その顔が見えた。

見れば見るほど、記憶の中のその人にしか思えなくて――

私は弾かれたように、その背中を追いかけた。

部長さん――今は元部長さんか――は、千葉駅を出ると、房総半島《ぼうそうはんとう》を南下する内房線《うちぼうせん》・外房線《そとぼうせん》方面の線路沿いの道を歩いていった。居酒屋やゲームセンターが並ぶ一角だ。
平日の昼間だし人は多くないかなって予想してたのに、終業式の日だからか街には制服姿で歩いている高校生が少なくなかった。
ぼっちの私は目立ちすぎる――なんて心配は杞憂《きゆう》だった。私のことなんて誰も気にしてないし、元部長さんも私の尾行《びこう》には気がつかず、どんどん先へ進んでく。
新宿幕張高校は進学率一〇〇パーセントを謳《うた》うような高校だ。二年前に二年生だったってことは、浪人《ろうにん》していなければ今は大学一年生のはず。

スクランブル交差点が赤信号で、元部長さんが足を止めたので私も少し離《はな》れたところで立ち止まった。目だけでそっとその整った横顔を窺《うかが》い見《み》ると、途端《とたん》に心臓が落ち着きをなくしていく。

やっぱり、新宿幕張高校の、演劇部の元部長さんにしか見えない。

それにしても、一人で信号を待ってるだけなのに絵になる立ち姿だった。存在感がある、ってわけじゃないけど、花がある。舞台《ぶたい》に立ったときもそうだった。元部長さんがステージに出てきた瞬間、空気が変わった。

近くの大学に通ってるのかな。今日はこれからどこに行くんだろう。デート？　それとも、家がこっちの方とか……？

スクランブル交差点の歩行者信号が青になって、元部長さんは再び歩き始める。横断歩道を渡《わた》ってからも、線路沿いの道をまっすぐ迷いなく歩いてく。

そうして千葉駅から歩いてくること十分弱。

元部長さんは映画館やホテルがある京成千葉中央駅前《けいせいちばちゅうおうえきまえ》のロータリーにある、大きなスクランブル交差点の前まで来た。

また横断歩道を渡るのかと思いきや、信号は待たずに初めて道を折れた。そして、雑居ビルと雑居ビルの間にある、いかにも怪《あや》しそうな細い道に入ってしまい、私は尾行の足を止めた。

細い道はビルの陰《かげ》になっていてこの炎天下《えんてんか》だというのに薄暗《うすぐら》く、ゴミ捨て場があるのか少しすえた臭《にお》いまでする。

京成千葉中央駅に併設《へいせつ》した映画館には来たことがあったものの、駅の外はあまりうろうろしたことがなかった。周囲を見ると、ファミレスやファストフード店、ドラッグストアなどのほか、居酒屋やよくわからない大人向けのお店の看板もちらほらと見受けられる。

もしかして、何か怪しいアルバイト……？

じりじりと真夏の日差しに焼かれつつ、五分か十分か、しばらく雑居ビルの前で立《た》ち尽《つ》くしてからようやく我に返った。

そもそも私は、尾行して何をしようというのか。

こっちは元部長さんのことをはっきり覚えていたわけだけど、向こうにしてみれば、私なんて学校見学に来ていたたくさんの中学生の一人。会話すら交《か》わしてないし、顔なんてまず百パーセント覚えられてるわけがない。

もし何かの弾《はず》みで、話すことができたとしても。

あの日のステージで感動して新宿幕張高校を目指してたんです、でも落ちちゃって今はなんにもない高校生をやってます！　とでも自己紹介しろと？

……帰ろう。

今の私には、高校生であるという以上の自己紹介ができない。

好きなものも、夢中なものも、がんばっているものもない。

あんな風にキラキラしていた元部長さんに、ついフラフラついてきちゃって、みっともないにもほどがある。これじゃ、まるで蛾《が》だ。コンビニの明るい照明に吸い寄せられた蛾！

情けなさのあまり、勢いよく踵《きびす》を返しかけたときだった。

「――あの！」

薄暗い路地の奥《おく》から、唐突《とうとつ》に声をかけられてビクついた。

なぜか水色のシャツではなく、ダークグレーの半袖シャツに黒いベストというかしこまった格好に着替《きが》えた元部長さんが再び現れ、信じられないことに私に声をかけてきた。

そしてさらに目を疑う。なぜか、彼はまっすぐこっちにやって来る。

もしかして、あとつけてたの、気づかれた……？

恥《は》ずかしい。まるでストーカーじゃないか。どう謝ったらいいんだろうって顔を伏《ふ》せかけたのに、元部長さんは痺《しび》れそうなくらい素敵な笑顔を向けてくる。

「君もしかして、面接の人？」

……面接？

薄暗い細い道の奥、ゴミ捨て場の先には雑居ビルの裏口があった。

「この裏口、結構わかりにくいよね。店長に言われて、様子見に来て正解だったよ」

元部長さんはどこまでも優しく気さくな口調で私に話しかけ、腰《こし》のチェーンにつけた鍵《かぎ》で重たそうなドアを開けてくれる。

「どうぞ」

まるでエスコートされるようにそう言われてドキドキしたのは一瞬《いっしゅん》のこと、なんでビルの中に案内されようとしているのかわからなくて頭はパニックだ。

そもそも、この裏口はどこにつながって――

「あ」

鼻をつく塩っぽい香《かお》りに思わず声が漏《も》れた。

「どうかした？」

ドアを開けて私を待ってくれている元部長さんに、「その……」と答える。

「フライドポテトの匂《にお》いが、します」

「そうだね」

私の言葉に軽く笑った元部長さんの笑顔に改めてドギマギしつつ、この裏口がどこにつながっているのかようやく気がついた。

スクランブル交差点に面した雑居ビルの一階にある、ファストフード店。

Eバーガーだ。

正式名称《せいしきめいしょう》はイーサン・バーガー。全国チェーンのハンバーガーショップ。

オーガニック食品好きなお母さんと来たことはなかったけど、中学時代に最寄り駅近くのお店に友だちと何度か行ったことがある。楽器を持った動物のキャラクター、音符《おんぷ》や楽譜《がくふ》の模様の店内装飾《てんないそうしょく》や包装紙で、意外とファンシーな雰囲気だったのを覚えてる。

「店長ー、アルバイトの面接の森山《もりやま》さん来ましたよー」

なかなか私が中に入ろうとしないからか、ドアを開けたまま、元部長さんは裏口から中にそんな風に声をかける。それを聞いて、なんだか夢見心地だった私はようやく状況《じょうきょう》を理解した。

私、Eバーガーのアルバイトの面接予定の誰かと勘違《かんちが》いされてる!?

「あの、私、森山じゃなくて守崎《もりさき》で」

けど、慌《あわ》てて否定した私の言葉を、元部長さんは笑顔で遮《さえぎ》る。

「そうなんだ！　ごめんねー、名前間違えて。店長が電話で聞き間違えたんだね、きっと」

「いえ、だからそうじゃなくて……」

まごまごしているうちに、奥からいかにも人のよさそうな、三十代半ばくらいの痩身《そうしん》の男性が現れた。元部長さんと同じ、ダークグレーの半袖シャツに黒のベストというEバーガーの制服姿だ。

「面接、来てくれてありがとねぇ！　店長の諏訪《すわ》です」

などと両手を合わせてお礼を言われ、もはや「人違いです」なんて言えない空気。もうやけっぱち、こうして私はEバーガーの敷居《しきい》を跨《また》いだ。


面接の約束をしていたはずの「森山さん」は時間になっても結局現れず、そのまま私はアルバイトの面接を受けることになった。

四角いテーブルとパイプ椅子《いす》が四つほどあるこぢんまりした控《ひか》え室《しつ》に通され、諏訪店長と向かい合う。

履歴書《りれきしょ》もないし、私みたいなうじうじした高校生はきっと面接で落とされるはず！　なんて期待してたのに。

「履歴書は、Eバーガーオリジナルのがあるから大丈夫《だいじょうぶ》だよー」

かわいいウサギとリスのイラストがプリントされた履歴書を渡されてしまった。仕方ないので、ボールペンで記入する。名前、住所、経歴……学校名を書いておけばいいのかな。

「あ、作草部高校なんだ」

私の手元を見ていた諏訪店長が声を上げる。すると、自分の荷物をロッカーに片づけていた隼人《はやと》さん――元部長さんは中尾《なかお》隼人と自己紹介し、「隼人ってみんな呼んでるから」と言った――が壁《かべ》の一角に目をやった。

「じゃ、拓真《たくま》と同じ高校か」

壁には大きなコルクボードがあり、インスタントカメラで撮影《さつえい》されたスタッフの写真が飾《かざ》られている。ざっと見た感じ、三十枚近くありそうだ。油性ペンでそれぞれ名前やニックネームが書かれている。

「ほら、こいつ」

隼人さんがいかにも気の強そうなきりっとした顔立ちの男の子の写真を指差す。「源《みなもと》 拓真」と書かれた名前も、止《と》め撥《は》ねがしっかりした筆圧の強そうな文字だ。

「同じ学校なら、もしかして知ってる？　学年も同じだと思うけど」

すぐに首を横にふる。同じクラスならいざ知らず、交友関係が極端《きょくたん》に狭《せま》い私にほかのクラスの知り合いなんて皆無《かいむ》に等しい。

こうして履歴書を書き終えるやいなや、諏訪店長に「いつからどれくらいシフトに入れる？」と訊《き》かれた。

「うちとしては、明日でもあさってでも大歓迎《だいかんげい》なんだけど」

「あの……面接は？」

「面接？」

「いえだってその……私がここで働けるか見るんですよね、面接って」

それで、後日電話とかで採用不採用の連絡《れんらく》が来るものなんだと思ってた。

「守崎さんいい子そうだし、ばっちり採用だよー」

にこにこしている諏訪店長に、返す言葉が見つからない。

面接とはなんなのか。まさかの即決《そっけつ》に目を白黒させるしかなかった。


♪♪♪


夏休み五日目の朝。

その日、制服姿で朝食の席に現れた私に、キッチンに立っていたお母さんが訊いた。

「今日も学校に行くの？」

お父さんはそんなお母さんにチラと目をやりつつも、無言でコーヒーのカップに口をつける。

「そう」

「部活？　文化祭の準備？」

今日は水曜日だから。

「部活」

毎週月・水・金曜日は、私が入った、ということになっている架空《かくう》の同好会・読書クラブの活動日なのだ。

「図書館で本を読むだけなんて地味な部活ね、ホント」

お母さんは呆《あき》れた口調ながらも、読書推進派なので悪い気はしてないみたい。保冷バッグに入れたお弁当を渡された。

「ありがとう」

何かエラーでもあったのか、洗濯機《せんたくき》が鳴る音がした。エプロンを外してお母さんが様子を見に行ったタイミングで、ずっと黙《だま》っていたお父さんがボソッと訊いてくる。

「あのこと、お母さんにいつ言うの？」

あえて「あのこと」とぼかしたお父さんは空気が読めるし、私のことをよくわかってる。どう考えても、私の性格はお父さん譲《ゆず》りだ。

「夏休み中には……」

不慣れなアルバイトが一ヵ月半も続くか自信はなかったけど。

「ま、そのうちちゃんと話しなよ」

流されるがままEバーガーでのアルバイト採用が決まったのが五日前のこと。誤解を解くこともできず、また隼人さんの存在もあり、いっそアルバイトもありかも、どうせ暇《ひま》だし、と思い切って働いてみることに決めたのだった。

かくして親の同意書が必要となり、お母さんに「アルバイト」だなんて言えるわけもなく、お父さんにサインを頼《たの》んだのだ。

夏休みにアルバイトをすることにしたって説明した私に、お父さんは「アルバイトもいい経験だよね」と軽くサインしてくれた。こういうとき、お父さんがお母さんとは正反対の性格でよかったって常々思う。

こうして朝食を終え、働きに出る両親を見送って洗濯ものを干してから私も自転車で家を出た。

本日、アルバイト二日目。

駅前の駐輪所《ちゅうりんじょ》に自転車を停《と》め、JR都賀駅《つがえき》から電車に乗った。通勤ラッシュを過ぎた車内は空《す》いていて、ほてった身体《からだ》に冷房が気持ちいい。今日の勤務は午前十時半からだ。

ノープラン・ノーイベントだった夏休みにやることができたのは、確かに悪くなかった。けど、お弁当を持ってウキウキるんるんで出勤、とはやはりいかない。

接客なんて、私にできる気がしない。

シフトの希望を訊かれ、やけっぱちになった私が「夏休み中は平日の昼間なら入れます」と答えると、諏訪店長は涙《なみだ》を流さんばかりに喜んだ。大学生のバイトさんが立て続けに抜《ぬ》けたばかりだったとかで、人手不足らしい。

そうして面接から四日経った昨日、同意書を持って初出勤。制服や靴《くつ》を渡され、従業員の控え室「楽屋」の使い方や、Eバーガー独特の用語の説明を受け、オリエンテーションDVDを観て基本を学んだ。念のため持っていった小さなノートはメモ書きでいっぱい。覚えることが多すぎる。

「最初は誰かにトレーニングしてもらいながらだから大丈夫だよ」って、楽屋で必死にノートを見返していたら隼人さんが教えてくれたけど、不安で今から身体が縮こまる。

同意書も出しちゃったし、今さらあとには引けない。キリキリしっ放しの胃をごまかしつつ、千葉駅で下車して歩くこと十分、Eバーガー京成千葉中央駅前店に到着した。

震《ふる》えそうになる指で裏口のインターフォンを押《お》すと、『はい』と若そうな男の人の声が聞こえた。

「お、おはようございます！　アルバイトの、守崎です……」

仕事の挨拶は時間に関係なく「おはようございます」だって聞いたし、挨拶くらいは元気よくって思うのに、ついつい言葉は尻《しり》すぼみになってしまう。

インターフォンの返事はなく、十秒くらい待ったあと、ドアが開いた。

ドアを開けてくれたのは、きりっとした眉《まゆ》に切れ長の目をした黒髪の男の子だった。ダークグレーの半袖シャツに黒いパンツ、バイザーという制服姿。高校生っぽい。

「あ、ありがとうございます！　あの、私、昨日ここに入ったばかりの、守崎です」

その男の子は、シャツの胸ポケットについている名札をこちらに見せてきた。『源』の文字。

「源拓真。今日、守崎さんのトレーニング任されてるから。よろしく」

面接のときに壁の写真を見た、私と同じ作草部高校の人か。

いつもにこやかな隼人さんとは正反対、仏頂面《ぶっちょうづら》にぶっきらぼうな口調でちょっと身がまえたものの、「よろしく」って言ってはくれてるし、きっと大丈夫なはず。

ペコッと頭を下げ、「こちらこそ、よろしくお願いします」と返した。

「あの、源くん、作草部高校だって聞いたんだけど……何組？　私は四組で――」

けど源くんは私の質問には答えてくれず、さっさと店の奥に引っ込んでしまう。

同じ高校だっていうし、ちょっとは仲よくできたらって思ってたのに。

……やっぱり不安だ。

かくして、楽屋にあるパーティションで区切られたスペースで、学校の制服からEバーガーの制服に着替えた。

ダークグレーの半袖シャツに黒いパンツ。いつもは下ろしている肩に届く髪は二つに結《ゆ》って、頭にはバイザー。

胸ポケットに『守崎』という名札をつけると、遂《つい》に来るところまで来てしまった感がある。どこからどう見ても、Eバーガーの店員だ。

不安でしょうがなかったはずなのに、ちょっとだけ気持ちが上向いた。

格好が変わると、違う自分になったみたい。

シフトの十分前の十時二十分に、私は手のひらサイズのトレーニングノート片手に楽屋を出た。

大きなシンクとウォークイン冷蔵庫・冷凍庫《れいとうこ》がある一角を抜けると、壁の両側に色んな機械が置かれたキッチンに出た。ポテトや焼けたお肉の香りが強くなり、ビーフパティを焼く鉄板があるせいで暑い。

そこにはエキゾチックな顔立ちに褐色《かっしょく》の肌という、いかにも外国人っぽい二十代くらいの女の人がいて、エプロン姿でキッチンの床《ゆか》を掃《は》き掃除《そうじ》しているのをじっと見ていたら目が合った。

「新しい、バイトサン？」

小さく頷くと、女の人はキッチンのさらに奥、接客カウンターの方に声をかける。

「拓真サーン、新人サン来たヨー」

それから女の人は私ににっこり笑って、「ガルシア、デス」と自己紹介してくれた。

「守崎優芽です」

「優芽サン！　カワイイから覚えたヨ！　よろしくネ！」

フレンドリーな言葉になんだか泣きそうになってしまい、何度も「よろしくお願いします」と頭を下げてしまう。言葉の通じない外国で親切にされたら、絶対にこんな気分。

「何やってんだよ」

私の感動なんて知ったこっちゃない、つっけんどんにも思える声をかけられた。源くんだ。

「早くINしろ」

こうしてガルシアさんと手をふって別れ、キッチンからカウンターの方へと移動した。

キッチンエリアとカウンターエリアの境には、できあがった商品を置く棚《たな》やポテトフライをパッキングするスペースがあり、通路は人がギリギリすれ違えるくらいの幅しかない。

けどそこを抜けると、途端に視界が広がった。

緩《ゆる》いカーブを描《えが》いた白いレジカウンター。その向こうには、今はお客さんが少なくガランとした客席。客席の壁や天井《てんじょう》には音符や動物のキャラクターたちの飾りがあって、記憶にあったとおりファンシーな雰囲気だ。BGMに、ヴァイオリンか何かのゆったりとした音楽が流れている。そしてカウンターエリアの壁際《かべぎわ》には、コーヒーやジュースなどを作るためのマシンや小さな冷蔵庫などがびっしりと並んでいた。

源くんに促《うなが》され、カウンターに置いてあるレジ、POSマシンと呼ばれるタッチパネルの機械に近づく。これで出勤時間を入力する、というのはDVDでも教わった。

源くんに指示されるまま『**時間入力**』というボタンをタッチし、私は自分のプレイヤー番号を入力する。

『**プレイヤー：守崎優芽さん　10：23　IN**』と画面に表示された。

「プレイヤーって呼び方、面白《おもしろ》いよね」

Eバーガーで働く従業員は、演奏者《プレイヤー》と呼ばれる。

Eバーガーは店を一つのオーケストラに見立てていて、「働くみんなでハーモニーを奏《かな》でよう♪」がキャッチフレーズ。控え室のことを「楽屋」って呼ぶのもそのせい。その楽屋の壁には、このキャッチフレーズが大きく印刷されて貼《は》ってあった。

けど私の言葉に源くんはうんともすんとも答えず、「トレーニングノートは？」と訊いてくるので渡す。

「店に出るの、今日が初めて？」

コクコク頷くと、思いっ切りため息でもつきたそうな顔をされてしまった。

すると、客席の掃除をしていた女の人が台拭《だいふ》き片手にカウンターに戻《もど》ってきた。うちのお母さんと同年代、四十代くらいでいかにも主婦っぽい感じだ。焦《こ》げ茶色《ちゃいろ》のショートヘアで、まっ赤な口紅の唇《くちびる》が左右に引《ひ》き伸《の》ばされて笑顔を作る。

「リーダーの青江《あおえ》です。よろしくねー」

リーダーっていうのは、社員と同等の仕事をするアルバイトの人のこと。黒いベストが目印。社員の諏訪店長不在時は、リーダーの人が鍵やお金の管理からクレーム処理までするんだって。

ちゃきちゃきした明るい雰囲気で挨拶してもらえ、「よろしくお願いします、守崎です」と頭を下げつつ内心ホッとする。源くん以外はみんな愛想がいい。

「今日のトレーニングは拓真に任せてあるけど、わからないことがあったらなんでも訊いてね！」

青江さんは豪快《ごうかい》に笑い、パシリと源くんの肩を叩《たた》いた。

「若い者同士、あとは仲よくやんなさい！」

お見合いで中座する両親のような台詞《せりふ》を残し、去っていく青江さんを見て、源くんは今度こそため息をついた。

かくして、私のトレーニングが始まった。最初はドリンクの作り方から。

受けたオーダーをPOSマシンに入力すると、料理の注文はキッチンのディスプレイに、ドリンクの注文はドリンクマシンの上部のディスプレイに表示される仕組みになっている。

むちゃくちゃハイテク、なんて驚《おどろ》いてる暇はなかった。ドリンクの注文が入るなり、Mサイズのカップはこれ、Mサイズの氷はスコップ一杯半《ばいはん》、カップをセットしてあとはボタンを押すだけ、などなど源くんに教えられるがまま手を動かしていく。

オレンジジュースやコーラ、サイダーなどのドリンクはファミレスのドリンクバーにあるマシンと大差なくてすぐに覚えられた。

次はホットコーヒー。作り置きがなくなったら新たに淹《い》れ直《なお》す必要があり、コーヒーマシンのフィルターのセットの仕方などを教えてもらう。

「作り置きは三十分経《た》ったら廃棄《はいき》」

トレーニングノートを見返しながら、教えられたことをチェックしていく。アイスティーはティーバッグで水出ししていて、作り置き後の廃棄時間は四時間。

源くんがノートを見たりせずに時間やルールを細かに説明してくれ、素直に感心してしまう。

「すごい、こういう時間とか全部覚えてるの？」

「仕事なんだから当たり前だろ」

思いっ切りバカにしたような顔をされて小さくなっていたら、ポロロロン、と明るいメロディが店内に響《ひび》き渡《わた》った。

するとさっきまでの仏頂面はどこへやら、源くんが「いらっしゃいませ、こんにちは！」と店の入口の方に明るく声をかけた。

「期間限定、パイナップルシェイクはいかがでしょうか？」

さっきのポロロロンは、入口の自動扉《じどうとびら》が開いた音。新しいお客さんがやって来たのだ。いらっしゃいませって挨拶のほかにも、限定商品の宣伝までするものらしい。

離れたところにいた青江さんが源くんと同じような挨拶をしたあと、すかさずレジのところに立ってお客さんを迎《むか》えた。

客席の壁に『Let's Enjoy!』ってプレートの飾りがあって、それをぼうっと見ていたら開いていたトレーニングノートを源くんに指先で叩かれた。

「お客さんが来たら挨拶」

視線を目の前の源くんに戻した。お客さん向けの愛想笑いはもう消えている。

「わ……私も？」

「お前もプレイヤーだろ。挨拶は基本だ」

確かに。オリエンテーションDVDで、リスのアンドレアも言ってた……かも。

ドリンクを作るだけなら、お客さんと話すこともなくて気楽でよかったのに。

たちまち緊張で内臓が強《こわ》ばってきた。人前に出るの、得意じゃないのに……。

お昼前で今はわりと空いてる時間、アイドルタイムだという。でもあと三十分もすれば正午を回って、知らないお客さんで店は混み合うランチどきのピークタイム。

怖《こわ》すぎる。

けど、恐怖《きょうふ》におののいている場合じゃない。ポロロロン、と次のお客さんが現れた。

「いらっしゃいませ、こんにちは！」という源くんの声にがんばって続く。

「いらっしゃいませ……」

すかさず睨《にら》まれた。

「もっと声出せ、フォルテだフォルテ！」

フォルテ。音楽用語で「音を強く」の意味だ。「店をオーケストラに見立てているEバーガーでは、音楽用語を使います」って、そういえばDVDでウサギのアリサが言ってた。

「い、いらっしゃいませ」

「そんなんじゃ客席まで届かない」

「いらっしゃい、ませ！」

「聞こえないっつってんだろ」

ランチタイムのピークに備えてか、私にダメ出しをしながらも、源くんはカップや氷などの補充《ほじゅう》をせっせとしている。

そして遂に、ポロロロン、と恐怖の音がまた鳴り響いてしまった。

「……おい、」

隠《かく》し切《き》れていない苛立《いらだ》ちの滲《にじ》んだ声を背後からかけられ、ふり返ると源くんに睨まれていた。

「ちゃんと言えるよな？」

補充するのか、源くんはペーパーナプキンの束を抱《かか》えていた。それでどつかれるのも時間の問題かもしれない。

『Let's Enjoy!』の文字を見つめた。

覚悟《かくご》を決めて、大きく一つ深呼吸。

「――いいいいらっしゃい、ませ、おはようございますっ！」

けど努力も空《むな》しく、源くんにペーパーナプキンの束でどつかれた。

「なんで昼に『おはようございます』なんだよ」

モーニングメニューの午前十時までは「おはようございます」、それ以降のランチメニューの時間帯は「こんにちは」。これもDVDで、クマのピーターが教えてくれてたのに。

学んだばっかりの、仕事の挨拶は「おはよう」がついうっかり出ちゃった。

正午近くなり、予想どおりレジにはお客さんの大行列。いつの間にかアルバイトもキッチンとカウンター、それぞれ一人ずつ増えていて臨戦態勢はばっちり。

私以外は。

「お前さぁ」

源くんはもう苛立ちを隠そうともしていない。

「挨拶一つできないとか、このバイト、向いてないんじゃね?」

……そんなの、誰よりも私がわかってるっての!

怒濤《どとう》のランチタイムが終了し、午後一時に一時間の休憩《きゅうけい》になった。今日の私のシフトは午後三時まで。

ランチタイムは挨拶のことを気にする余裕《よゆう》もなく、必死にドリンクを作っているうちに過ぎ去った。夏休みだし、映画帰りの親子連れとかグループでお店は大繁盛《だいはんじょう》、とにかく忙しかった。そのせいだって思いたい、けど。

あのあと、源くんはため息をつくばかりでダメ出しすらしてくれなくなった。

青江さんが「拓真はいつもこんなだから」ってこっそりフォローしてくれたりもしたけど。

きっと、怒《おこ》る価値もないって思われたんだ。

誰もいない楽屋に戻って、保冷バッグに入れていたお弁当を取り出した。お母さんがこだわって取り寄せているオーガニック野菜もりもりのお弁当。揚《あ》げものの匂いでいっぱいのEバーガーの楽屋で食べるには、薄味《うすあじ》の温野菜は淡泊《たんぱく》で不似合いな気がする。

……私と同じ。

いくら制服を着てみたところで、私もこの店には不似合いだ。そもそも人違いだし！

重たい気持ちのまま人参《にんじん》の煮物《にもの》をちまちま食べていたら、「おはよーございまーす」って明るい声がして楽屋のドアが開き、隼人さんが顔を出した。

「あ、優芽ちゃん。もしかして、今日が初ＩＮ？」

「はい。今、お昼休憩で……」

「お弁当持ってきてるんだ。偉《えら》いねー」

にこやかな隼人さんに癒《い》やされつつも、すぐに気持ちは落っこちて小さくなってしまう。

すると少しの間のあと、隼人さんは私の向かいの席に座って顔を覗《のぞ》き込《こ》んできた。

「もしかして、元気ない？」

「私……挨拶も、ちゃんとできなくて。人前に出るの、もともと得意じゃないし……」

口にするなり、ますます情けなくなってくる。

同じ歳《とし》でも、源くんはあんな風にちゃんと仕事ができてて、挨拶もできてるのに。

あんな風に、匙《さじ》を投げるように怒られたことなんてこれまでなかった。

「わかるわかる！　カウンターに立つと緊張するよねー」

優しく慰《なぐさ》めてくれる隼人さんだけど、ここのバイトは長く、青江さんと同じリーダーをやってるって面接の日に教えてもらった。つまり、仕事ができる人ってこと。

「リーダーやってるのに？」

つい疑うような口調になる私に、隼人さんは苦笑《くしょう》した。

「まぁ、バイトは慣れもあるけどね。――俺《おれ》、高校時代から演劇やってて、今も大学のサークルとかでやってるんだけどさ」

知ってるし、そのおかげでここに辿《たど》り着《つ》いちゃいました。なんてことはストーカーみたいなので絶対に言わない。

「もともと人前に出るの、苦手だったんだよね。でも、自分じゃない誰かを演じるつもりになれば、舞台の上にも立ててるってわかってさ。バイトもそれと同じ」

――昔は人前に出ることすら苦手でした。でも演劇部に入って、色んな役を演じて違う自分になれるのが、今は楽しくてしょうがないです。

二年前、学校説明会で隼人さんが言ってたことが脳裏《のうり》に蘇《よみがえ》る。

自分じゃない誰か。

違う自分。

「……それって、店員の役を演じてるってことですか？」

「そうそう！　俺も今でも人前に出るの、怖いなって思うことあるよ。でも、人前に出るのは別の誰か、演じてる誰かなんだって考えればまったく平気」

店員の役。

お店やお客さんが求める、Ｅバーガーのプレイヤーの役。

ほんの少しだけど、目の前が開けた気がした。

高校生になってからずっと居場所をなくしてた、「変わりたい」って気持ちが久しぶりに顔を出す。

もしかしたら、演劇だけがその手段じゃなかったのかもしれない。

Ｅバーガーの制服を着たとき、ちょっとドキドキした。

違う自分になったみたいだって。

……今ここでうじうじしてる私は、Ｅバーガーの制服を着ただけの、守崎優芽でしかないけど。

演じてみたい。

演じて、違う自分になってみたい。

♪♪♪

翌日、文化祭の準備で出かけるってことにして作ってもらったお弁当を持ち、午前十時過ぎにEバーガー京成千葉中央駅前店に到着した。

インターフォンのボタンを押すと、昨日と同じように源くんがドアを開けてくれる。

どこか面倒そうな目を向けてくる源くんにたじろぎそうになったけど、元気よく挨拶する。

「おはようございます！」

源くんは少しだけその切れ長の目を細めてから、「おはようございます」と形だけの挨拶を返してさっさと奥に引っ込んだ。

その冷たい態度に気持ちが挫《くじ》けそうになるけど、昨日の今日だししょうがない。私は勇んで楽屋へ向かい、パーティションで区切られたスペースで着替えて姿見の前に立った。

二つに結んだ髪。音符の刺繍《ししゅう》があるバイザー。ダークグレーのシャツに黒いパンツの制服。

心の中でスイッチを切り替《き　か》えた。

今の私は、Ｅバーガーのプレイヤーだ。

時間になって楽屋を出た。「おはようございます」とキッチンにいるガルシアさんに声をかけ、そしてカウンターの方に出た直後。

ポロロロン、とかわいらしい音が店内に鳴り響き、私は一つ深呼吸した。

「――いらっしゃいませ、こんにちは！」

私がまっ先に挨拶をすると、カウンターエリアにいた青江さんと源くんが揃ってふり向いた。

「夏限定、毎年大好評のパイナップルシェイクはいかがでしょうか？」

青江さんはにかっと笑って私の肩を叩くと、レジに立ってお客さんを迎えた。一方、源くんはポカンとした顔のままで、たちまち不安になってくる。

「……今の挨拶じゃ、まずかった？」

私がそっと訊くと、源くんは目を丸くしたまま小さく首を横にふる。

「それくらいできれば、いい」

その言葉に両手にグーを作って吠《ほ》えたい気分になったけど、今はＥバーガーのプレイヤーなのでそんな下品な真似《まね》はせず、小さく笑って返すだけにしておく。

やればできる。私だってできる。

私だって演じられる。

でもやっぱり、それにはそれなりの努力が必要なんだってこともわかった。

いらっしゃいませ、こんにちは。それだけの言葉を、昨日は家に帰ってからたくさん練習した。

お母さんに不思議がられちゃったけど、文化祭でクラスで喫茶店《きっさてん》をやるからってごまかして、夜になっても部屋で何度も何度も声に出して練習した。四月に買ってもらったはいいけど使い慣れてないスマホに録音して自分で聞いてみたり、お風呂《ふろ》で大きく口を開けて練習してみたり。

いらっしゃいませ、こんにちは。

それは、Eバーガーを訪れたお客さんが最初に耳にする挨拶。

挨拶は仕事の基本。何度も何度も口に出してみて、そのことがやっと実感できた。

挨拶は、訪れたお客さんを歓迎《かんげい》していますってサインなのだ。このお店に来てくれてありがとう、どうぞゆっくりしていってくださいって。

小さな声じゃ、それは伝わらない。源くんが言ってたとおり、フォルテで、明るくハキハキした声じゃないと届かない。

そんな風に声を出せるようになると、唐突に気がついた。

挨拶が基本なのは仕事だけじゃない。家でも学校でも同じだって。

希望してた学校じゃない、やる気が出ないってうじうじして、教室でろくな挨拶もしてこなかった。深田さんが「おはよう！」って明るく声をかけてくれても、おざなりに返すばかり。

そんなの、友だちができなくて当たり前だ。

「さっきの、パイナップルシェイクの『夏限定、毎年大好評』ってヤツ、何？」

ふいに源くんに訊かれ、ハッとした私は目を瞬いた。

「何って……昨日の源くんの宣伝、真似してみたんだけど」

「俺、『期間限定』としか言ってない」

「あ、それは、昨日テレビでEバーガーのCMを観たの。アンドレアが、パイナップルシェイクは夏限定で毎年大好評って言ってたから」

「アンドレア？」

首を傾《かし》げた源くんに、私は天井飾りのキャラクターたちを指差した。

「リスのアンドレア」

「お前、ほかに覚えるものあんだろ」

「ちゃんと、ドリンクの保存時間とか作り方とかも全部覚えてきたよ」

「……全部？」

「仕事なんだから当たり前って、源くんが言ったんじゃん」

源くんが言葉に詰《つ》まり、直後、青江さんが受けたオーダーがドリンクマシンの上部のディスプレイに表示された。

「拓真、パイナップルシェイクお願い！」

「あ、すんません」

「あと優芽ちゃん、そっちの空いてるＰＯＳで早く出勤時間入力して」

「わかりました！」

源くんはパイナップルシェイクを用意して青江さんの待つカウンターに出すと、私のいるＰＯＳマシンのところにやって来て訊いた。

「ドリンクは復習してきたんだな？」

「はい」

「じゃ、ちゃんとできるか確認《かくにん》したら、今度はレジ」

Ｅバーガーのプレイヤーを演じている私の中で、弱気な守崎優芽がちょっとビクついた。

レジ、つまりは接客。知らないお客さんの対応はまだ少し怖い。

「ちょっと挨拶できたくらいで調子乗んなよ。やることは色々あるんだから」

弱気な私をさらに追い込むような源くんの言葉に、だけど私はしっかり頷いて応えた。

高校生活のスタートはいまいちだったけど、演じることは、変わることはきっと別の場所でもできる。

どうせノープラン・ノーイベントの夏休み。私はここで、それをやってみるって決めたのだ。

「よろしくお願いします！」

なのに私のやる気なんてさくっと無視し、源くんは「そういえば」と思い出した顔になる。

「一年二組」

「え？」

「昨日、俺が何組か訊いてきただろ」

遅すぎる答えに少しポカンとしちゃってから、我慢《がまん》できずに小さく笑った。

最初は気負っちゃってたけど、慣れてくると挨拶をすることにも抵抗《ていこう》がなくなってきた。それどころか、はっきりと声を出すのが気持ちよくすらなってくる。

私って、こんなに声を出せる生きものなんだって驚いた。

家でも学校でも、こんな風にはっきり声を出すことって、あんまりなかったかも。

そうしてランチタイムまで、ＰＯＳマシンの使い方を源くんが教えてくれることになった。

「最初に『こちらでお召《め》し上《あ》がりでしょうか？』って訊くだろ」

タッチパネルの画面で、イートインなら『ＩＮ』、テイクアウトなら『ＯＵＴ』をタッチ。

「次に、オーダーされた商品を入れてく」

メニューはざっくり、バーガー類、サイドメニュー、ドリンク、デザート、期間限定メニューの五つに分けられ、メニュー表示はタブで切り替えられる。

「『**注文確認**』で合計金額が表示される。この画面でオーダーと金額をお客さんに確認する」

「もし間違えちゃったら？」

スマホをいまだに使いこなせていない私は、タッチパネルの操作に苦手意識があった。こんなこと訊いたら怒られるかもって思ったけど、源くんは予想外に丁寧《ていねい》に教えてくれる。

「そしたらこの『**キャンセル**』、それか『**数量変更**《すうりょうへんこう》』で……」

「おはよー」

背後から唐突に明るい声をかけられ、源くんと二人揃ってふり返った。隼人さんだ。

「今日はお昼からなんですか？」

私が訊くと、隼人さんはにこにこして「そう」と答えてくれた。

「俺、今日のランチはカウンターに出るからよろしくねー」

昨日は楽屋で話を聞いてもらったあと、隼人さんとは一時間しかシフトがかぶらなかった。しかも隼人さんはキッチンの方にいて、あまり接点がなかったのを少し残念に思っていたのだ。

一緒に仕事ができるのは嬉《うれ》しい。隼人さんがどんな風に演技しているかも見られるし。なんて考えていたら、ふいに手が伸びてきて、隼人さんは私の頭のバイザーが斜《なな》めになっているのを直してくれた。それから、柔らかい笑《え》みでこっちを見下ろす。

「今日は元気そうでよかった」

触《ふ》れられたバイザーにワンテンポ遅《おく》れて意識がいき、なんだかドキドキしてしまった。

隼人さんはそんな私には気づかず、出勤時間を入力すると同じくリーダーの青江さんと何やら話を始める。「在庫」とか「発注」って単語が聞こえてくるし、リーダーのお仕事の話なんだろう。

それをついまじまじと見ちゃってから、ハッとしてPOSの方に向き直る。

「えっと……間違えたときはこの『**キャンセル**』で――」

「守崎さんってさ」

源くんが隣《となり》からじっと見てきた。

「隼人さんのこと好きなの？」

思いも寄らない言葉に、驚くを通《とお》り越《こ》してギョッとする。演技なんてどっか行っちゃった。

「そんなわけ、ないし……」

隼人さんに聞こえちゃいそうで小さな声で反論したけど、源くんの目には見る間に呆れのような色が浮かんでく。

「ま、別にどーでもいいけど」

自分で訊いてきたくせに、源くんはそんな風に話を打ち切って肩をすくめた。

「そ……それよりPOS！　注文確認したあとは――」

「時間切れ」

源くんはそう私を遮って、POSをトレーニングモードから通常モードに切り替えた。

時計を見ると、午前十一時半を過ぎている。大混雑のランチタイムに向けて、色々準備を始めなきゃいけない時間だ。

「続きはランチのあとで時間があれば。あと、今日のランチは一人でドリンカーやってみろよ」

「……一人で？」

ドリンク担当、通称《つうしょう》ドリンカー。

一人で任せてもらえるのは信頼《しんらい》されてるようで、嬉しくなくはない、けど。

昨日もドリンカーを担当したけど、初めてだったしわからないことだらけで、源くんにサポートしてもらってやっとって感じだったのだ。

「全部覚えてきたんだろ」

さっきはちょっとは認めてくれた風だったのに。源くんは、なんだかまた冷たい態度に戻ってしまったような気がする。

ドリンクのことを全部覚えたって言ったのは確かに私。「わかりました」って小さく応えた。アイテムの補充してくる、と一人去っていく源くんと、離れたところにいる隼人さんを比べるように見て、さっき源くんに言われたことを思い出す。

――隼人さんのこと好きなの？

好きってなんだろう。

優しくしてくれるし、癒やされる。憧《あこが》れみたいなものは感じるけど。

考えれば考えるほど、どんどん落ち着かなくなってくる。

二年ぶりに（一方的に）再会して、会うのだって今日でまだ三回目。

好きも何もない――はずなのに。

恥ずかしいやらなんやらで、気を紛《まぎ》らわせるようにトレーニングノートを開いてコーヒーの作り方を復習した。

2. ご注文はチーズバーガーセット一つでよろしいでしょうか？

Eバーガーの勤務シフトは変動制。一週間おきに、二週間先の希望を専用のアプリ経由で提出することになっている。〆切《しめき》りは毎週土曜日の二十四時。

採用されてすぐに働くことになったから、最初の二週間分は紙に書いて希望日時を諏訪《すわ》店長に伝えたけど、それ以降は私もこのアプリを使わないといけない――のに。

「……どうしよう」

早速《さっそく》、壁《かべ》にぶち当たってしまった。アプリの使い方がよくわからない。

その日、今までと同様に午前十時半からのシフトだった私は、楽屋で早々にEバーガーの制服に着替《きが》え、勤務時間まで時間があったので一人アプリと睨《にら》めっこをしていた。

そもそも、スマホの使い方自体、いまだによくわからないのだ。

中学時代はいわゆる「お子さまケータイ」しか持たせてもらえず、高校生になってようやく念願のスマホを手に入れた——はいいけど、友だちは少ないしお母さんにゲームやSNSは禁止されてるしで、使う機会があまりないという悲しい現実。

一番使ってるアプリ、多分、英語と国語の辞書だし……。

一人うんうん唸《うな》っていたら、「やっほー」と急に背後から肩《かた》を叩《たた》かれて椅子《いす》から落ちかけた。

「そんなに驚《おどろ》く？」

テーブルにしがみつき身体《からだ》を捻《ひね》ってふり返ると、ふんわりした長い茶髪《ちゃぱつ》を下ろした萌夏《もか》さんがケラケラ笑っていた。いつの間に楽屋に入ってきてたんだろう。凹凸《おうとつ》のはっきりした身体のラインがわかるTシャツとショートパンツ、ヒールの高いサンダルといった露出《ろしゅつ》の多い格好だ。

「おはようございます」

「おはよー。今日はIN時間一緒《いっしょ》なんだね」

「はい。よろしくお願いします」

ちょっとかしこまってペコッと頭を下げたら手元を覗《のぞ》き込《こ》まれた。

「希望シフト入力してんの？」

「はい。でもアプリの使い方、よくわからなくて……」

どれどれ、と萌夏さんは私にぴっとりくっついてスマホの画面を見てくる。シャンプーの香《かお》りなのか、ふわりと甘《あま》い匂《にお》いが漂《ただよ》ってきてちょっとドキドキしてしまった。

Eバーガーで働き始めて一週間経《た》った。シフトとしては、今日で五日目。

変動シフトのEバーガーなので、勤務時間に顔を合わせるプレイヤーは毎回異なる。

主婦の青江《あおえ》さんは平日の昼間が多いとか、源《みなもと》くんは夏休み中は日中が多いけど普段《ふだん》は土日が多いとか、みんな自分の都合に合わせて希望シフトを出している。

平日の昼間の勤務を希望した私は、必然的にそんな青江さんや源くんと一緒のシフトが多くなるけど、それでもこの五日間で色んな人と顔を合わせる機会があった。

青江さんみたいな主婦に、他校の高校生、隼人《はやと》さんみたいな大学生。十八歳《さい》以上になるとリーダーに昇格《しょうかく》できるそうで、隼人さんのほかにもリーダーの大学生がいた。

あとはガルシアさんみたいな外国の人、そして。

萌夏さんみたいなフリーター。

曜日に関係なく昼から夜にかけてシフトを多く入れているという萌夏さんと会うのは、今日が二回目だ。

香坂《こうさか》萌夏さん。このお店でのアルバイトはもう二年以上で、先月十八歳になったばかりと話してくれた。高校三年生なのかと訊《き》いたら、あっけらかんとした口調でこう答えた。

──一年前に、高校中退しちゃったんだよねー。派手に喧嘩《けんか》しちゃってさ。だから、今はフリーターー？

「中退」も「フリーター」もこれまで私にはあまりになじみのなかった言葉で、反応に困ってしまったのだった。

私は小説や漫画《まんが》も読むし、もちろんテレビだってそれなりに観《み》る。学校を卒業せずに途中で退学することが中退で、アルバイトで生計を立てている人のことをフリーターと呼ぶってことくらいは知っている。

けど、友だちにも親戚《しんせき》にもそういう人はいなかった。私が通う作草部《さくさべ》高校は進学校なのもあって、耳にピアスを開けたり薄《うす》い化粧《けしょう》をしたりしている子もいるけど、派手のレベルは知れている。

中学校までは地元の公立だったしそれなりに目立つ子も素行の悪い子もいたけど、うちのお母さんに「そういう子には近づかないように」と口酸《くちす》っぱく言われていたのを思い出す。

お母さんが茶髪の萌夏さんを見たら、また「近づかないように」とか言いそう……。

萌夏さんは「これ、ログインし直せばいいんじゃん？」と私のスマホを少し操作して、希望シフトの入力画面を表示してくれた。

「これでいけると思うよ」

「あ、ありがとうございます！」

「いーっていーって」

にかっと笑い、萌夏さんは自分の荷物をロッカーに押《お》し込《こ》み、パーティションで区切られた着替えスペースに引っ込んだ。

萌夏さんが着替える衣擦《きぬず》れの音を聞きながら、私は両手でスマホを操作して再来週の希望シフトをちまちま入力する。

あいかわらず、夏休みの予定は何もない。お母さんが不在の平日の昼間なら、シフトはいつでもかまわない。

「優芽《ゆめ》ちゃんって、いつも昼のシフト入れてんの？」と萌夏さんが訊いてくる。

「そうです」

読書クラブと文化祭の準備の代わりです、と心の中だけで答えた。

「夜にはＩＮしないの？　夜のシフト、高校生とか大学生多くて楽しいよ？」

「その……うち、門限あって。午後七時までに家に帰らないと怒《おこ》られちゃうから」

「門限？」

萌夏さんみたいな人にこんな話をしたら引かれるかな、ってちょっとげんなりしてたら、予想に違《たが》わず「うひゃー」なんて声を上げられた。

「優芽ちゃんって、もしかしてお嬢《じょう》？」

「オジョー？」

Eバーガーの制服に着替え終えた萌夏さんが再び姿を現した。その顔には、面白《おもしろ》がるような笑《え》みが浮《う》かんでいる。

「お金持ちのお嬢サマってこと」

「そ、そんなことないですよ！　どこにでもある中流家庭です！」

萌夏さんは脱《ぬ》いだ私服を衣装《いしょう》カバーにしまうと、慣れた手つきで長い髪《かみ》を高いところで一つに結《ゆ》ってポニーテールにする。

「そうなんだ。でも優芽ちゃんって、大事にされてそうだよね。綺麗《きれい》なお弁当持ってたし」

萌夏さんに初めて会ったのは前回シフト中のお昼休みで、そのときにお弁当を見られて感心されたのだった。

「あれはその……お母さんがああいうの好きで」

「作ってもらってんの？　すごいじゃん。うちの母親なんて、弁当作ってくれたことなんてないからね」

などと言われてしまうと、やっぱり反応に困る。

お母さんに関しては、何かと口うるさいと思っちゃうことの方が多いけど……。

それに、高校でもお昼はお弁当だけど、クラスの子もみんなお母さんのお弁当だし、それが普通《ふつう》。そういうのが普通じゃないなんて、考えたこともなかった。

萌夏さんは私の向かいの席に座《すわ》ると足を組み、どこか気怠《けだる》げな表情で片手でスマホをいじり始めた。それをチラと見てから、私は無事に希望シフトの提出を終えてひと息つく。

「優芽ちゃん、夏休み中はどれくらい働くの？」

ふいに訊かれて顔を上げた。

「週に四日くらい……？」

「へぇ、そこそこ入るんだ」

希望シフトは平日の昼間、週五日丸々出しておいた。何曜日でもいいけど週に四日くらいがいいって青江さんに話したら、多めに希望を出しておくのがいいとアドバイスされたのだ。

「お小遣《こづか》い稼《かせ》ぎたいの？」

思ってもみなかったことを訊かれて首を横にふる。

「夏休み、暇《ひま》なんで」

「そうなんだ。あたしは週五で入ってるよ。稼ぎたいし」

「お小遣い、稼ぎたいんですか？」

萌夏さんに訊かれた質問をそのまま返してみた。

「そうそう。自分の小遣いは自分で稼がないとだし」

またしても反応に困っちゃって反省する。どうも、うまく会話を続けられない。

楽屋に二人っきり。何か話しかけた方がいいのかなって思うのに、住んでいる世界があまりに違う気がして迂闊《うかつ》なことを口にできない。

何を話しても萌夏さんはケロッとしてるけど、うっかり気に障《さわ》るようなことを言っちゃいそうで、一方的な苦手意識ばかりが膨《ふく》れ上《あ》がる。

気まずい空気の中、時計の針が動いてシフトの時間になった。


萌夏さんと一緒にお店の方に行くと、そのまま一緒にカウンターに立つことになった。

今日はアルバイトを始めてから初めて源くんとシフトがかぶらず、トレーニングもバイト歴の長い萌夏さんがしてくれるという。

「へぇー。まだ一週間なのに、優芽ちゃん、がんばってるね」

私のトレーニングノートをパラパラ見ながら、萌夏さんは感心したように声を上げる。

「これまで拓真《たくま》が見てたんだっけ？　拓真って、仕事はできるけどマジで愛想《あいそ》ないよね。かわいげがないっつーか」

そして、萌夏さんは親しげな口調でナチュラルに源くんをディスった。

「トレーニングの進捗《しんちょく》が早いのは、拓真のスパルタのせい？」

「いやでも、レジもまだまだだし……」

私がそう謙遜《けんそん》すると、「それなら」と今度は別の誰《だれ》かが背後から声をかけてきた。

「今日のお昼のピーク、優芽ちゃん、レジやってみる？」

声の主は、リーダーの羽生修吾《はぶしゅうご》さん。大学三年生だ。今日はいつもは昼にいるリーダーの青江さんもシフトがお休みなのだ。

修吾さんとは今日が初対面で、挨拶《あいさつ》して早々に「名前で呼んでね」って言われた。隼人さんもそうだけど、この店の若い人たちは積極的に下の名前で呼び合っているようだ。

修吾さんはすっきりした短髪に黒縁《くろぶち》メガネで、みんなと同じ制服なのにどことなくおしゃれさんな雰囲気《ふんいき》が漂う。すらっと背が高く、何かスポーツでもやっているのか体格がいい。カッコいいはカッコいいけど、隼人さんとは違うタイプだ。人当たりがいい反面、なんとなく喰《く》えない感じもする。

……それにしても。

隼人さんもだけど、大学生の男の人って、なんか大人のお兄さんって感じで「優芽ちゃん」

とか親しげに名前を呼ばれると内心ドギマギしてしまう。それもあって、「大丈夫《だいじょうぶ》ですかね……？」とつい弱気になってしまった。

レジに立つのは初めてじゃないけど、これまではお客さんの少ないアイドルタイムがほとんどだったのだ。

「大丈夫にするのが腕《うで》の見せどころでしょう？」

なんて修吾さんは私のレジ対応を見たこともないのに有無《うむ》を言わせない口調で、おまけに萌夏さんも「やってみればなんとかなるなるー」とそれに賛成してしまう。源くんみたいに厳しくない反面、この人たちは楽観的すぎやしないか。

などと不安を覚えつつも、こうしてその日はメインでレジ担当になった。

時刻は午前十一時半過ぎ。ランチタイムを前に、じわじわとお客さんが増えてくる。ＰＯＳマシンのところに立った私は、心の中でスイッチを切《き》り替《か》えた。

Ｅバーガーのプレイヤーモード。

「いらっしゃいませ、ご来場ありがとうございます！　こちらでお召《め》し上《あ》がりでしょうか？」

お店をオーケストラに見立てているＥバーガーなので、「ご来店」ではなく「ご来場」と言う。テーマパークと同じ。Ｅバーガーっていう一つの世界を壊《こわ》さないようにしないといけない。

私のカウンターの前に立ったお客さん、小学生くらいの女の子を連れた母親らしき女性は「持ち帰りで」とクールに答えた。

「チーズバーガーセットと、このキッズバーガーセットで……」

「おもちゃは三番だからね！」とすかさず女の子が声を上げる。

「わかってるって！」

やり取りを微笑《ほほえ》ましく思いつつ、うちのお母さんのことを思い出す。

アルバイトのことは、もちろんまだカミングアウトできてない。

お父さんは軽くサインしてくれたけど。ファストフードが苦手なお母さんに何をどう切り出したらいいのか、日が経つにつれますますわからなくなってきてる。

そんな風になんとかレジ対応をこなし、十二時半を回った頃《ころ》のことだった。

ただでさえ混雑気味だった店内に急に人が増え、人であふれんばかりというか実際にあふれた。レジの行列が店の外にまで延《の》びてて、もはや意味がわからない。

そんな嵐《あらし》に見舞《みま》われててんてこ舞いのまま一時間経ち、ようやくお客さんが途切《とぎ》れた。

「さっきは大変だったねー」

ひと息ついて笑う萌夏さんに、私はすかさず「すみません」って謝《あやま》った。

「途中《とちゅう》でパニックになっちゃって……」

がんばって接客していたものの、ダブルイーサンバーガーのピクルス抜《ぬ》きとマスタード抜きを三つずつオーダーされ、フリーズしてしまったのだった。POSマシンの操作がわからず戸《と》惑《まど》ううちに、お客さんの列がどんどん長くなってとうとう萌夏さんにバトンタッチした。

「知らなかったならしょうがないよー。教えなかった拓真が悪い！」

萌夏さんは不在の源くんに責任を押しつけてから、ピクルス抜きなどのオーダー用のボタンを教えてくれた。ちゃんとそういうボタンが用意してあるってことに感心してしまう。

「なんか……POSって色んなことができるんですね。勤務時間もここで入力だし」

レジというともっとカタカタした古い機械で、お釣《つ》りのしまってある引き出しを閉めるとチン！　って音が鳴るイメージだった。

「まぁ、EバーガーのPOSはコンピューターだから」

横から修吾さんも口を挟《はさ》んでくる。私は嵐のランチタイムでヨロヨロだったけど、萌夏さんも修吾さんもケロッとしていて、さすがベテラン。

シフト表を見ていた修吾さんが、「あ」と声を上げた。

「優芽ちゃん、一時から休憩《きゅうけい》だったんだ。ごめん、もう一時半だね。少し遅《おそ》くなっちゃったけど、今から一時間休憩行ってきて」

「でも……」

カウンターエリアは、まさに嵐が過ぎ去ったあとといった有り様《あさま》。カップやペーパーナプキン、ポーション類などは補充待《ほじゅうま》ち、床《ゆか》にも落としたカップや氷、ストローなどが散乱している。

「いつものことだから」

というわけで、楽屋の方に追いやられてひと息ついた。

覚えたてのあれこれで頭がこんがらがってたし、正直なところ、休憩に出されてホッとする。

ドリンク周りだって、覚えたっていっても頭で理解しているのと手が動くのはまた別問題。少しは慣れてきたけど、オーダーがたくさん入ると手が八本くらい欲《ほ》しい！　って思う。

楽屋の椅子に座り、働くって大変なんだなーってしみじみする。

Eバーガー京成千葉中央駅前店《けいせいちばちゅうおうえきまえてん》のアルバイトの時給は千円からで、最初の三十時間は研修期間で九百五十円。私は今のところ、一日四、五時間ペースで入っている。今日の勤務で、多分トータルで二十時間を超える。

……あと十時間の研修で、通常の時給に見合う働きができなきゃいけないってこと？

ヤバい、焦《あせ》る。九百五十円にしたって、少女漫画を二冊買えるくらいの金額だ。そんなお金を、あのダメダメな一時間で稼いじゃってる。

両手が震《ふる》えた。恐《おそ》れ多《おお》すぎる……というか、仮にもアルバイトをしてるくせに、これまでお金のことなんてあんまり考えてなかった自分がアホすぎるのか。

楽屋のドアが開いて、「おはよーございまーす」って脳天気なほど明るい声に顔を上げた。

隼人さんだ。

季節は八月目前、楽屋も古い冷房《れいぼう》ががんばって働いているくらい暑いっていうのに、隼人さんは笑顔も立ち居ふる舞いも爽《さわ》やかすぎる。隼人さんは爽やかさでできている。

「おはようございます……」

「何、また元気ないの？」

面白がるように笑われてしまい、少し唇《くちびる》を尖《とが》らせる。

「ランチタイムで疲《つか》れちゃっただけです」

「あ、今日、あの映画の公開初日だったもんね」

隼人さんがチラと目をやった楽屋の壁に貼《は》られているあるものに気づき、私は目を瞬《また》いた。

京成千葉中央駅併設《へいせつ》の映画館の、上映スケジュール。

「それ、もしかして……映画が終わったあと、お店が混むかもしれないから貼ってあるんですか？」

「そうそう。映画がヒットすれば、だけどね」

楽屋の壁にはプレイヤーの顔写真のほか、本部からのお知らせや色んなチラシなども貼ってあった。ＩＮする前にざっとは見ていたけど、映画の上映スケジュールやチラシは流し見していた。

突然《とつぜん》の混雑の理由も理解できればなんてことはない。世の中の多くの人たちが、夏休みをエンジョイしてたってだけの話。

「夏休みって、みんな映画観るんですねー……」

「優芽ちゃんだって、遊ぶ予定くらいあるんじゃないの？」

ははっと笑ってごまかしておく。遊ぶ予定があったら、週に五日も希望シフトは出してない。夏休みの課題もすでに半分以上が終わってるくらいには時間を持て余してる。

にわかにしょっぱい気持ちでいっぱいになったものの、隼人さんの穏《おだ》やかな空気には癒《い》やされた。「じゃあ」と私はさらに壁を指差す。

「このチラシも、お店に関係するものなんですか？」

映画の上映スケジュールのそばに、満天の星のような青っぽい色のチラシが貼ってあった。

「あ、それは単なる宣伝」

隼人さんは肩に提《さ》げていたバッグから貼ってあるのと同じチラシを取り出し、私に差し出してくる。

「俺《おれ》が入ってる演劇サークルの舞台《ぶたい》が来月あるんだ。興味あったらどうぞ」

チラシと隼人さんの顔を見比べて、その言葉の意味を理解するなり、ひょこっと心臓が跳《は》ねて指先が熱くなった。

「これ、観に行ってもいいんですか⁉」

「え、興味ある？」

言葉にならなくてコクコク頷《うなず》くと、隼人さんはたちまちふやけるような笑顔になる。

「来てくれるなら嬉《うれ》しいなー。それならチケット安くするし」

「本当ですか？　ぜひ行きたいです！」

「じゃ、今度チケット持ってくるね」

心底嬉しそうににっこりされて、耳の先まで熱くなる。

二年前に感動した、隼人さんの演技がまた観られる……！

さっきまでのぐったりした気分はどこへやら、チラシを両手で抱《だ》きしめた。

終業式の日、隼人さんのあとをつけて、うっかりアルバイトの面接を受けちゃって、本当によかった……！

心の中でひとしきりくるくる踊《おど》った私は、まだロッカーから出してもいなかったお弁当箱をようやく取り出した。

そうしてすっかり元気を取《と》り戻《もど》し、休憩が終わってお店に戻った。

私と入《い》れ違《ちが》いに修吾さんと萌夏さんが休憩に入り、カウンターは私と隼人さん、キッチンはガルシアさんって布陣《ふじん》になる。

今日の私のシフトは、これまでよりちょっとだけ長めの午後四時半まで。夏休みになってから初めての楽しみなイベントもできたし、残りの二時間もがんばろう。

午後三時前後は、バーガー類ではなくドリンクやスイーツ、ポテトがよく出る。夏本番、期間限定のシェイクを筆頭に、ソフトクリームやメロンクリームソーダなんかも人気だ。

そうして退勤時間の午後四時まであと少し、というときだった。

「あ、おばーちゃん！」

休憩から戻ってきてすぐ、客席の掃除《そうじ》をしていた萌夏さんの声が、カウンターにいた私のところまで響《ひび》いた。

ポロロロン、という音とともに自動扉《じどうとびら》が開き、腰《こし》の曲がった小柄《こがら》なおばあさんが来店した。杖《つえ》をついたおばあさんは、駆《か》け寄《よ》ってきた萌夏さんに顔中の皺《しわ》を寄せるようにして笑う。

「ここまで暑くなかった？」

「大丈夫、大丈夫」

萌夏さんはゆっくりしたおばあさんの歩調に合わせて歩き、おばあさんがレジカウンターの前に到着《とうちゃく》すると素早《すばや》く中に入って「ご来場ありがとうございます！」と改めて挨拶した。

「ご注文はチーズバーガーセット一つでよろしいでしょうか？」

萌夏さんの言葉におばあさんは「はい」と笑顔のまま頷くと、杖をついていない方の左手を上げて人差し指を立てた。

「サイドは、ポテトと、オレンジジュースね」

「チーズバーガーセット、サイドメニューはポテト、ドリンクはオレンジジュースですね」

萌夏さんは素早くオーダーをくり返し、「ご注文は以上でよろしいでしょうか？」と訊いた。

「はいはい、以上でよろしいですよ」

私はMサイズのオレンジジュースを用意して、ストローと一緒に綺麗なトレーの上に置いた。するとおばあさんはこっちを向いて話しかけてくる。

「新しいバイトさん？」

突然の質問に少し目を瞬いたものの、「はい」と答えた。

「香坂さんの後輩《こうはい》なのねー」

香坂さん。萌夏さんのことだ。

「そうです、後輩です。あの……香坂さんの、お知り合いなんですか？」

「いーえ。私は、ただのこのお店の常連さんですよ」

おばあさんがくしゃりと笑うと、萌夏さんはふんわりした表情になった。

「いつも、ご贔屓《ひいき》ありがとうございますー」

萌夏さんはいつも楽しそうな雰囲気ではあるけど、こんな風に柔《やわ》らかく笑うのは初めて見た。

チーズバーガーセットの用意ができると、萌夏さんはおばあさんの代わりに席までトレーを運び、おばあさんが座るのに手を貸したりしている。

ドリンクカウンターをクロスで拭《ふ》きながらそんな様子を遠巻きに見ていると、隼人さんが教えてくれた。

「あれ、この店の名物の〝チーズバーガーおばあちゃん〟だよ」

「チーズバーガー？」

「そう。週に何日か、いつも夕方に来てチーズバーガーセットを買ってくの」

席に着いたおばあさんと、萌夏さんはそのまま楽しそうにおしゃべりをしている。

「萌夏さん、楽しそうですね」

「チーズバーガーおばあちゃんと仲いいんだよねー。週に何回も来るし、ほかのバイトの子ともよく話すんだけど、萌夏ちゃんがやっぱり一番仲よしかな」

おばあさんの言葉に楽しそうに相槌《あいづち》を打つ萌夏さんは、接客用ではない、とても自然な笑顔だった。

源くんや青江さんも、接客をするときは笑顔だし、丁寧《ていねい》な言葉でお客さんを迎《むか》える。でも、それはちょっとよそ行きの笑顔というか、外向きって感じがするものだ。私がプレイヤーを「演じる」のも、それと似たようなものなんだと思う。

でも、萌夏さんの笑顔は心からのものだってわかる。そういう笑顔で仕事ができるの、素直《すなお》にすごい。

違う自分になる、演じるっていつも思ってた。

でも、もし違う自分でいることが普通の状態になったら。

それこそ、本当に変われたってことなのかもしれない。

♪♪♪

色んなお客さんやプレイヤーがいるんだなってしみじみしつつ、二日後の次のシフトは源くんと青江さんとシフトがかぶっててちょっとホッとした。

源くんはあいかわらず厳しいけど、人見知りの私としては慣れた人と一緒だと心強い。

ＩＮ時間になって私が顔を見せると、青江さんはエプロンをつけてカウンターからキッチンの方に下がった。

「私が資材チェックしながらキッチンやるから、カウンターは二人でよろしくねー」

Ｅバーガーのアルバイトは、大きく分けてキッチンとカウンターの二つの仕事に分けられる。私はカウンターの仕事からスタートしたけど、一ヵ月前にバイトを始めたばかりだというガルシアさんはキッチンスタートだったという。

そして、カウンターとキッチン、片方の仕事をひととおりマスターできたら、もう片方の仕事にもチャレンジするというわけだ。リーダーの青江さんはもちろん、源くんや萌夏さんもキッチンやカウンターはばっちり。

キッチンはカウンター以上に色んな調理器具やマシンであふれていて、いつもタイマーの音でにぎやかだ。つい様子を窺《うかが》ってたら、資材の補充をしていた源くんに「おい」と声をかけられた。

「勝手に休符《きゅうふ》にすんな。客席一周して掃除。あとゴミ箱の確認《かくにん》」

休符にする、というのもＥバーガー独特の用語で、要は休むなってことだ。源くんはＥバーガー用語の使い方が完璧《かんぺき》だ。

「了解《りょうかい》です」

私はテーブルと椅子を拭くクロスをカウンター下のバケツから取って、カウンターエリアから客席の方に出た。

直後、男の人が空になったトレーを手にちょうど席を立ったのに気がつく。

「トレー、お預かりします」

レジでの接客もちょっとずつ任されるようになって、お客さんにこんな風に声をかけることも、まだ緊張《きんちょう》は抜けないけどできるようになった。

Eバーガーのプレイヤーならどんな風にするかなって頭の中でシミュレーションして、できるだけハキハキしゃべって、背筋は伸ばす。

男の人が「ありがとう」って小さく笑んでトレーを渡《わた》してくれ、心の中でぐっと拳《こぶし》を作る。

私の演技も、だいぶ板についてきたのでは。

それに、慣れればお客さんも意外と怖《こわ》くない。さっきみたいに「ありがとう」って言われると嬉しいし、ちゃんと仕事ができてるのかなって気持ちになる。

演技するのもいいけど、萌夏さんみたいに自然な接客ができたら、また感じ方も違うかもしれないなぁ……。

ゴミ箱のチェックをして、溜《た》まっていたトレーを抱《かか》えてカウンターに戻った。今度はトレー専用のクロスで、使い終わったトレーが綺麗になるように一枚ずつ拭いていく。

「――守崎《もりさき》、」

名前を呼ばれて顔を上げると、源くんがいた。

先週までは「守崎さん」って呼ばれていた気がするのに、気がつけば呼び捨てになっている。

「トレーニングノート見せて。この間、萌夏さんがトレーニングしたんだろ」

誰がトレーニングをしても進捗を確認できるようにノートがあるのだけれど、私とシフトがかぶることが多い源くんは、すっかり私の専属トレーナーみたいになっている。

「よく知ってるね」

「萌夏さんに聞いた」

新作映画の公開日で嵐のようなランチタイムになり、私がダメダメだったのも知ってるのかな……。

その澄《す》ました横顔を窺ったけど、特に何を言われることもない。私はノートを渡し、「三ページの辺りを見てもらったよ」って伝えた。

源くんは、今年の四月にアルバイトを始めたばかりらしいのに、呑《の》み込《こ》みが早くてカウンターもキッチンもひととおりマスターしてしまったと青江さんから聞いた。

頭がいいんだろうなぁって感心した私は、思いついて一学期の中間テストと期末テストの学年順位表を見て息を呑んだ。

上位二十位までは名前が公表されるんだけど、源くんはほとんどの科目で学年で十位以内に入ってた。ちなみに私の順位は概《おおむ》ね五十位前後、悪くはないけどものすごくいいってわけでもない。

そんな感じで、年齢《ねんれい》も属性も違う色んな人が集まるお店の中で、唯一《ゆいいつ》同じ高校に通う同い年の源くんへの親近感も薄らいだのだった。この人は、私とはそもそものデキが違う。

ノートを見る源くんのことが気になるけど、ぼうっとしてるとまた「休符にすんな」とか言われちゃうし。

意識しないようにせっせとトレーを拭き、作業が終わった頃に源くんに手招きされた。なぜかその隣《となり》には、キッチンにいたはずの青江さんもいる。

「優芽ちゃん、名札貸して」と青江さんに言われ、胸ポケットから外した。

Eバーガーの名札は白いプラスチック製で、定期券くらいのサイズだ。上の方に苗字《みょうじ》のシールが貼られ、あとは空っぽのスペース。

「ドリンクの準備、補充、マシンのセッティング、全部できるようになったから」

苗字の下の空っぽのスペースに、青江さんがウサギのアリサのシールを貼ってくれた。

アリサは、ストローが刺《さ》さったドリンクのカップを抱えてる。

「ドリンクマスター、おめでとう」

青江さんはにっこりし、源くんは特に表情を変えずに腕を組んでいる。私はシールを貼ってもらった名札を、まるで賞状のように両手で受け取った。

「あ、ありがとうございます……」

思いがけず嬉しくて、頰《ほお》が熱くなるのを感じつつ目を上げると、源くんの名札が目に飛び込んできた。

たくさんの動物たちのシールが半円を描《えが》くように貼られ、オーケストラが完成している。できる仕事が増えると、名札のシールも一匹《ぴき》ずつ増えていくのだ。

私の名札は、ウサギのアリサの一匹ぽっち。

一匹ぽっちなのに笑顔満点のアリサをそっと指先で撫《な》でて、仲間が増えたらいいなって思った。


♪♪♪


予定なんてなんにもなくて、一ヵ月半もある夏休みをどうしようと思ってたのが嘘《うそ》みたい。

働いていると毎日はあっという間で、立ち仕事も相まって夜もよく眠《ねむ》れた。そうして気がつけば七月は過ぎ去り夏まっ盛《さか》り、八月に突入《とつにゅう》していた。

千葉駅を出ると外は太陽が眩《まぶ》しく、容赦《ようしゃ》なく肌《はだ》を焼く日差しに耐《た》えかねて、私は内房線《うちぼうせん》・外房線《そとぼうせん》の線路下に続く冷房のきいたショッピングセンターに入った。この線路下のショッピングセンターはJR千葉駅から京成千葉中央駅までつながっていて、なんて便利な街なんだって心底感心する。

こうして私の研修期間も終わろうとしていた、真夏の午後のことだった。

その日のランチ過ぎのシフトはカウンターが私と萌夏さん、キッチンが源くん、そして休憩中の青江さんといったメンバーだった。

新作映画の人気もピークを過ぎたのか、ランチタイムの嵐もそこまでじゃなく、少しホッとしていたそのとき。

ポロロロン、と明るい音が鳴って「いらっしゃいませ、こんにちは！」と声をかけると、あまり店では見かけないタイプのお客さんが入ってきた。

真夏だというのに、ひっつめた黒髪《くろかみ》に、全身まっ黒なワンピースの中年女性。

喪服《もふく》だ。

少し戸惑ったようにカウンターの前で足を止めた五十代くらいの女性を、「こちらのカウンターにどうぞ」と萌夏さんが明るく促《うなが》した。

「いらっしゃいませ、ご来場ありがとうございます。こちらでお召し上がりでしょうか？」

「あの……持ち帰り、なんですけど」

女性は伏《ふ》し目《め》がちにそう答えてから目を上げ、萌夏さんを——その胸元《むなもと》の名札を見て、「あ」と声を漏《も》らした。

「あなたが、香坂さん？」

困惑気味《こんわくぎみ》に目を瞬いた萌夏さんに、女性は姿勢を正すようにして向き直った。

「あの……週に何日もここでチーズバーガーセットを買っていたおばあさんのこと、わかりますか？　私の母なんですが……」

「もちろん！　先週来られて以来ですよね。一週間も来ないの珍《めずら》しいし、どうかしたのかと——」

「実は一昨日《おととい》、亡《な》くなったんです。肺炎《はいえん》をこじらせてしまって……」

萌夏さんの表情は中途半端《ちゅうとはんぱ》な笑顔のまま固まってしまい、私はというと、補充していたSサイズのカップを一つ足元《あしもと》に落とした。

「この店で、バイトの子たちと話すのが楽しみだって言ってて……香坂さんのお名前も、よく口にしてました。いつもよくしてくれるって。お仕事の邪魔《じゃま》しちゃダメだっていつも言ってたんですけど、ご迷惑《めいわく》でしたよね」

「そんなこと……」

「ファストフード、好きだったんですよね。だから最後にチーズバーガーセット、買ってあげたくて」

萌夏さんは小さく下唇《したくちびる》を噛《か》んでから、震える指先で『チーズバーガーセット』のボタンをタッチした。それから、精いっぱいの笑顔で話しかける。

「サイドメニューはポテト、ドリンクはオレンジジュースでよろしいでしょうか？」

「母がいつもそれを頼《たの》んでいたなら、それで」

萌夏さんは的確にタッチパネルのボタンを押していき、お会計を済ませた。

私はオレンジジュースのカップを用意し、源くんが用意してくれたチーズバーガーとポテトをテイクアウト用のバッグに一緒に詰《つ》めて萌夏さんに渡した。萌夏さんは中身を確認し、それをそっと女性に手渡す。

「……どうぞ、素敵《すてき》なハーモニーをお楽しみください」

Eバーガーでお客さんに商品を手渡すとき、必ず添《そ》える台詞《せりふ》。萌夏さんはそれを、とっても丁寧に、ゆっくりと口にした。

女性はバッグを受け取ると深々と頭を下げ、「ありがとうございました」と礼を述べた。

――それから、約十五分後。

休憩を三十分で切り上げてカウンターに戻ってきた青江さんに、私はホッとしつつも訊いた。

「萌夏さん、大丈夫ですか？」

青江さんは肩をすくめるようにしてから、身体の前で両手の人差し指をクロスさせて「×」を作る。

「あの調子じゃ、今日はもう働けないね」

チーズバーガーおばあちゃんの娘《むすめ》だという女性が店を出ていった直後、萌夏さんは我慢《がまん》できなくなったようにカウンターからキッチンの奥、客席からは見えないシンクのところまで引っ込むと声を上げて泣いた。それは、客席まで聞こえてしまうんじゃないかというほどの慟哭《どうこく》だった。

休憩中の青江さんがそれに気づいて萌夏さんを楽屋に連れていき、かくして私と源くんの二人で十五分ほど店を回していたのだった。

いくらアイドルタイムとはいえ、新米アルバイターの私がカウンターを一人で回すのはさすがに荷が重い。キッチンをやりながら源くんもフォローしてくれたけど、青江さんが早々に戻ってきてくれて本当に助かった。

「萌夏さん、あんなに泣くほどおばあさんと仲よかったんですね」

私の言葉に、「ビックリだよ」と青江さんも嘆息交《たんそくま》じりに答える。

「私だって常連さんが亡くなったって聞いたら、ちょっとは寂《さび》しいけどさ」

源くんは私たちの会話には交ざらず、キッチンエリアの整頓《せいとん》をしながら楽屋の方を黙《だま》って見つめていた。


♪♪♪


その翌日、私はガルシアさんから萌夏さんがお休みだと知らされた。

「昨日の夜、青江サンから連絡《れんらく》あったヨ。萌夏サンの代わり、来られないかって」

ガルシアさんと同じ時間にＩＮすると、キッチンには源くん、カウンターには修吾さんの姿があった。

カウンターエリアに出るとつい昨日のことを思い出しちゃって、「おはようございます」という挨拶もつい覇気《はき》のないものになる。

「〝チーズバーガーおばあちゃん〟、亡くなったんだってね」

早速話が伝わっているらしい、修吾さんに訊かれて頷いた。

「萌夏は人一倍だろうけど、ほかにも悲しむヤツ、いそうだなぁ」

私は一度しか会ったことがないけど、きっと店のみんなが知ってるおばあさんだったに違いない。

「萌夏さん、今日お休みだって聞きました。大丈夫ですかね……」

「まぁ、何日かすれば大丈夫じゃない？　あいつタフだし」

私なんかより、修吾さんの方が萌夏さんとの付き合いはずっと長い。その修吾さんが「大丈夫」って言うなら、そうなのかもしれないけど。

「気になるなら、メッセでも送っておけば？」

納得《なっとく》していないのが顔に出ていたらしい。そんな風に言われて曖昧《あいまい》に頷いたものの、そもそも私は萌夏さんのメッセのＩＤすら知らないのだった。

気を紛《まぎ》らわせるようにドリンク作りや掃除に励《はげ》みつつも、ふとした瞬間《しゅんかん》に昨日の萌夏さんの泣き声が脳裏《のうり》に蘇《よみがえ》る。

あんな風に誰かが泣くの、初めて見た。

なんだか落ち着かなくて、手が空いた隙《すき》に、キッチンにいた源くんにも「萌夏さん大丈夫かな」って訊いてみる。

「そんなの、俺が知るわけないだろ」

機嫌《きげん》が悪かったのかめちゃくちゃ睨まれ、私はすごすごとカウンターの方に戻った。源くんの当たりはあいかわらず厳しい。ちょっとくらい仲よくしてくれてもいいのに。

でも、源くんの言葉は正しい。

萌夏さんのことはきっと、萌夏さんにしかわからない。

もやもやしたまま、その日のシフトは午後二時に終わった。変動シフトなので、人が足りている日は今日みたいに早めに終わったりと時間はまちまちなのだ。

私は萌夏さんの連絡先も知らないし、そもそも私が心配する筋合いなんてないのかもしれない。

もやもやしたところでしょうがないって、思うのに。

「お先に失礼します」と挨拶して、裏口から外に出た。

気分転換《きぶんてんかん》に駅ビルでもぶらぶらしよう——なんて、思っていたら。

「あ」

店の裏口に面した、時間貸しの駐車場《ちゅうしゃじょう》。

その端《はし》っこ、日陰《ひかげ》になったところにある車止めブロックに腰かけ、萌夏さんがペットボトルのコーラを飲んでいた。

目をパチクリとさせている私に気づくと、萌夏さんはいかにも決まり悪そうな顔になってから頭を下げた。

「今日、休んでごめんね」

遠目にもわかるくらいその目蓋《まぶた》はぼってり膨らんでいる。お客さんの前に出るのは確かに難しそうで、休んで正解だったのかもしれない。

「その……もう、大丈夫なんですか？」

なんて、明らかに大丈夫そうじゃないのに、何訊いてるんだろう。

私はいつも、萌夏さんにかける言葉がわからない。

でも、萌夏さんは「もう平気、ありがとう」って答えた。

「昨日もごめん。驚いたよね」

「あ、謝ることないです……。仲がよかったなら、悲しいの、当然ですし。大丈夫かなって、心配してたんですけど……私なんかが心配しても、しょうがないかもですけど」

私の言葉に萌夏さんは目を瞬き、それから小さく笑んだ。

「しょうがなくないよ。心配してくれたの、嬉しい」

まっすぐに返された「嬉しい」という言葉は不意打ちで、なぜか頬が熱くなる。

萌夏さんは、よっと声を出して立ち上がると、私のところまでやって来た。サンダルの踵《かかと》が、アスファルトとぶつかって音を立てる。

「休みにしてもらったのに、店のことつい気になって来ちゃった。でも、優芽ちゃんに会えたし来てよかったかなー」

「そ、そんな、滅相《めっそう》もない……」

「ねぇ優芽ちゃん、ちょっとデートしない？」

断る理由も予定もない。かくして、萌夏さんとデートをすることになった。

萌夏さんについて京成千葉中央駅前のスクランブル交差点を渡り、大通りを左に曲がる。通り沿いには、カラオケボックスやよくわからない雑居ビルが並んでいた。この辺りは、あまり歩いたことがない。

隣を歩いている萌夏さんは、目蓋こそぼってりしているものの、今はなんだか楽しそうで、でもやっぱり考えていることはよくわからなかった。

ビビリな私がどこに連れていかれるのか不安を感じ始めていたら、「優芽ちゃん、お城好き？」と唐突《とうとつ》に訊かれた。

「お、お城？」

「そう。千葉城に行きたいの」

日陰で足を止めると、萌夏さんはスマホの地図を見せてくれた。千葉城までは、京成千葉中央駅からおおよそ一キロ。

「千葉城が歩いて行けるくらい近いなんて、知りませんでした」

私の言葉に、萌夏さんはふふっと笑い、スキップを踏《ふ》むように再び歩きだす。

「優芽ちゃん、千葉城、行ったことある？」

「はい、小学生の頃に。でも、車で行ったし、あんまり場所とかわかってなかったです」

千葉城は城といっても実際はお城の形をした博物館で、昔はプラネタリウムがあったそうだ。お父さんが連れていってくれたらしいけど、幼稚園生《ようちえんせい》の頃だし記憶《きおく》にない。

といったような話をすると、萌夏さんが「プラネタリウムは、今は千葉市科学館にあるよ」って教えてくれた。

「優芽ちゃんの親さ、お弁当も作ってくれるし、プラネタリウムにも連れてってくれるし、いい親なんだね。うちの親が連れてってくれたのって、近所の公園くらいしか記憶にないんだけど」

例のごとくで私が返す言葉に困ってると、萌夏さんは肩をすくめた。

「ま、行きたいとこがあるなら、自分で行けばいいだけなんだけどさ」

萌夏さんの話に、私が返せた言葉は少ない。それでもポツポツと話をしていくうちに、千葉銀座と呼ばれる通りに出て、裁判所や千葉県庁のそばを通り過ぎ、千葉城にはあっという間に到着した。

青々とした木々が影《かげ》を落とす、石の階段を上ること百五十メートル。最後の段を上り切ると視界が開け、千葉城こと猪鼻城《いのはなじょう》が姿を現した。

石垣《いしがき》の上に白い城壁《じょうへき》の五階建てのお城が鎮座《ちんざ》し、その前には馬に乗った武者が天に向けて弓を構える銅像が建っている。

足を止めて青空を背景にそびえ立つお城を呆《ほう》けたように眺《なが》めていると、途端《とたん》に全身から汗《あせ》が噴《ふ》き出《だ》した。それは萌夏さんも同じだったようで、持っていたコーラのペットボトルに口をつけてから私に差し出してくる。

「優芽ちゃんも飲む？」

ちょっと迷ったものの、「ありがとうございます」と受け取ってひと口飲んだ。舌の上で炭酸が弾《はじ》けて甘みが広がり、液体が喉《のど》の奥に落ちると同時に鼻腔《びこう》の奥に独特の香りが抜けていく。

思わず「甘い」と呟《つぶや》きつつ、萌夏さんにペットボトルを返した。

「そりゃ、コーラだから甘いだろうよ」

カラカラ笑いながらお城の入口の方へ歩いていく萌夏さんの背中についていきつつ、私は話しかける。

「私、コーラって初めて飲みました」

お城の入口の手前で足を止め、萌夏さんは目を見開いてこっちに顔を向けた。萌夏さんの背後には『千葉市立郷土博物館のご案内』という大きな看板があり、観覧料は無料と書いてある。

「初めて？　コーラが？」

「お母さんが、身体によくないから飲むなって……」

萌夏さんは手にしたペットボトルと私を何度も見比べてから、「よかったの？」って訊いてきた。

「飲むなって言われてたんでしょ？」

「まぁでも、飲んだところでバレやしませんし」

「でも、身体に悪いって」

「コンビニでもEバーガーでも売ってるものだし、萌夏さんも飲んでるのに悪いも何もないですよ。まぁ、味はよくわからない感じでしたけど。萌夏さんが何を飲んでるのかわかったんで、よかったです」

萌夏さんはまじまじと私を見てから、「よくわかんないけど面白いね、優芽ちゃん」と呟いた。

お城の中は冷房がよくきいていて、べたついた肌に気持ちよかった。

夏休みの自由研究でもしているのか、小学生らしき姿がちらほらあったが、思っていたより中はずっと空《す》いている。家系図とか地図とか鎧《よろい》とか色んな展示物があったけど、萌夏さんはまっすぐに天守閣の最上階を目指して階段を上っていく。

「眺めがいいんですか？」

私の数段先を行く萌夏さんに声をかける。

「うーん、まぁまぁ？」

そして階段を上り切り、再びの眩しい日差しに目を細めた。

最上階の周りは、安全のためかぐるりと金網《かなあみ》に囲まれていた。その金網越《かなあみご》しに、千葉の街が見下ろせる。

「千葉駅、あっちの方ですかね？」

私が指差すと、萌夏さんは風に吹《ふ》かれる長い髪を片手で押さえつつ、目を細めて「そうだね」って答えてくれた。

「あっち、海が見えますね。海って意外と近いんですね」

「近い近い。千葉駅の辺り、風が強いと潮臭《しおくさ》くない？」

「千葉駅、たまにしか降りなかったんで……」

そんな風に話をしながら、最上階を一周したところでガラス戸を開けて屋内に戻った。

最上階には自販機《じはんき》と椅子のあるスペースがあり、冷房はあまりきいていなかったけどひとまず腰を落ち着ける。萌夏さんは長い手足をバタつかせるように思いっ切り伸ばした。

「たくさん歩いてお城も上って、ちょっとすっきりした」

「千葉城、もしかしてよく来るんですか?」

お城に入ってからの、萌夏さんの足には迷いがなかった。看板や案内図を確認することなく、まっすぐに天守閣に到着した。

「よくってほどじゃないけど。入場無料だし、うちから近いから、ちょっと高いところに上りたくなったら来るよ」

「気分転換にはよさそうですね」

「そうそう。まぁ、大した高さじゃないんだけどね」

萌夏さんはすっかり温《ぬる》くなったコーラを飲み干すと、自販機で緑茶のペットボトルを二本買い、そのうち一本を私にくれた。

「ここまで付き合ってくれたお礼。お茶なら身体に悪くないでしょ?」

「はい。お茶なら怒られません」

顔を見合わせて笑い合い、揃《そろ》ってペットボトルのキャップを回した。

「優芽ちゃんちのお母さん、お弁当はうらやましいけど、なんか大変そー」

「まぁ、それなりに」

「あたし、実は二年前から親とは別居してんだよね。だから気楽」

ゴクゴクと緑茶を飲んで、萌夏さんはなんでもない口調で言葉を続ける。

「前は母親と暮らしてたんだけど、なんだっけ……ネグレクト？　みたいなヤツでさ。あんまり面倒《めんどう》とか見てもらえなくて、今は父親からの仕送りと自分のバイト代でなんとかやってんのね」

大変ですね、なんて軽々しく返せなかった。

頭では理解できても、感覚的にはまったく理解できる話じゃない。

なので黙って聞いていると、萌夏さんは遠くを見るような目になる。

「チーズバーガーのおばあちゃん、あたしの名前、覚えてくれてさ。頭撫でてくれたりすんの。『いつもがんばってるねー』とか、にこにこしながら言ってくれて」

いつの間にかその両目にうっすら涙《なみだ》を溜め、萌夏さんはテーブルの上にペットボトルを転がし、突《つ》っ伏《ぶ》すようにそれを額に当てた。

「そういうこと言ってくれる人、今までいなかった」

じとじとした蒸《む》した空気の中、沈黙《ちんもく》が落ちる。

少しして子どもたちのはしゃぐ声と足音が近づいてきて、小学生くらいの男の子のグループが階段から現れ外に出ていく。入口のガラス戸が開くと、微《かす》かに潮の香りがした。

顔を伏せたまま動かない萌夏さんの長い髪を、私はそっとすくって頭を撫でた。

「私……萌夏さんの接客、すごくいいいなって思いました」

萌夏さんの肩がぴくりと動く。その頭に乗せた手を、ゆっくり左右に動かした。

「いつも楽しそうで、心からの笑顔って感じで、すごいなって」

萌夏さんはそこでようやく顔を上げた。ペットボトルに押し当てていた額とその目は、わずかに赤くなっている。

「私みたいなアルバイト初心者がこんなこと言っても、全然説得力ないですけど……」

萌夏さんは何かを言おうとするようにわずかにその唇を開いたけど、でも出てくる言葉はなかった。代わりに、ショートパンツのポケットからスマホを出してこっちに向ける。

「優芽ちゃん、メッセのＩＤ交換《こうかん》してよ」

突然のことに目を瞬いていると、萌夏さんは顔中で笑った。

「バイト仲間なんだしさ」

不覚にも目頭《めがしら》が熱くなりかけた。

メッセのＩＤを訊かれただけなのに。こんな風にＩＤを訊かれるの、久しぶりすぎる。積極的に友だちを作らなかった私が悪いんだけど、クラスではみんなが交換してるからついでに守崎さんも、って感じでしかなかった。

私はいそいそとスマホを取り出し、そしてハタと気がつく。

「あの……交換の仕方、よくわかんないんで教えてほしいです」

「えー、それくらいわかんでしょ」

「実は私、学校にあんまり友だちいなくて……」

「マジで？　あたしと一緒じゃーん！　ま、あたしは高校、やめちゃったけど？」

スマホを寄せ合っておしゃべりするうちに、萌夏さんとの距離《きょり》の近さに気がついた。

萌夏さんの家の話とか、わからないことは確かに多い。

でもそんなの、萌夏さんに限った話じゃない。他人を完全に理解することなんてできない。

萌夏さんと話して、面白いな、いい人だなって感じた。仕事ぶりを見て、すごいなって思った。

それで十分だ。

自分の狭《せま》い世界の基準で判断して、わからないからって勝手に線引きする必要なんてない。

スマホに不慣れな私に代わってＩＤ交換をしてくれた萌夏さんが、まじまじと私の顔を見た。

「優芽ちゃんって、やっぱ面白い。不思議ちゃん」

Eバーガーで、色んな人がいるんだなって思った私もまた、誰かにとってはその「色んな人」の一人なのかも。

自分の普通が、みんなの普通じゃないことだってある。

当たり前のことなのに、そんな当たり前ですら今まで私は実感したことがなかった。

どうでもいいおしゃべりをしているうちに、気がつけば午後四時近く。私たちはどちらともなく席を立つ。

「私、せっかくなら博物館の展示品も見たいです」

「いいけど、見てもよくわかんないよ？」

「外の銅像が誰だか気になります」

「あぁ、あれは千葉常胤《ちばつねたね》って人だよ。多分、千葉のすごい人」

「そういうの、一緒に展示見て勉強しましょうよ」

隣に並んで、同じ歩調で階段を下りていく。

——高校一年生の夏休み。

知らなかった仕事とたくさんの出会い。すごい夏休みになるんじゃないかって、今さらながら胸が弾《はず》んだ。

3．大変失礼いたしました、すぐにご用意いたします。

その日、午後三時過ぎにお店に現れ、アップルパイをテイクアウトで注文したのは、少々丸みを帯びた体形の、どこにでもいそうな中年男性だった。

ストーンでデコデコ、ラメでキラキラしている、そのブルーのネイルを除けば。

お会計を済ませてレシートを返しつつ、その指先についい見とれてしまった私は声をかけた。

「綺麗《きれい》なネイルですね」

すると、おじさんはちょっと驚《おどろ》いた顔になって私を見た。

……余計なこと言っちゃったかも。

なんて思ったのはつかの間、おじさんはにっこりする。

「ありがとー」

おじさんは見た目にはそぐわないきゃぴっとした口調でお礼を言い、それから私の後ろ、カウンターの奥《おく》を見て大きく手をふった。

「青《あお》ちゃーん」

あだ名で呼ばれてふり返ったのは、予想外にもリーダーの青江《あおえ》さん。

キッチンの方にいた青江さんは紅《あか》い唇《くちびる》に大きな笑《え》みを浮《う》かべ、私の隣《となり》にやって来た。

「いっちゃん、なんか久しぶりだねー。元気してた？」

「最近忙《いそが》しかったからさー」

「いっちゃん」と呼ばれたおじさんは、カウンターのすみの方で青江さんと親しげにおしゃべりを始める。

それを見ていたら、つんつんと背後からつつかれた。

「優芽《ゆめ》ちゃんって、意外と肝据《きもす》わってるね」

そう話しかけてきたのは、小柄《こがら》でかわいらしい雰囲気《ふんいき》の、大学二年生の梨花《りか》さん。ぱっちりした丸い目で私を見上げている。

梨花さんは夕方から夜にかけてシフトに入っていることが多いそうで、シフトがかぶるのは今日で三回目だ。

「肝？」

「だって、フツーに驚かない？　あのおじさんのネイル」

確かに、驚いたは驚いたけど。

「かわいかったですよ」

「まぁ確かに」

おしゃべりが済んだのか、青江さんがこっちに戻《もど》ってきた。おじさんは私に綺麗なウィンクを飛ばして去っていく。

「あのおじさん、青江さんの友だち？」

梨花さんの質問に青江さんは笑いながら答えた。

「腐《くさ》れ縁《えん》で、若い頃《ころ》からの友だち。近くのゲイバーでママやってんの。お店に出るときは爪《つめ》と同じくらい、ギラッギラのドレス着るんだから」

ゲイバーのママ。これまでの人生ではあまり縁のなかった単語に目を瞬《しばたた》く。

そして、あのおじさんがギラッギラのドレスを着ているところを想像してみた。

「オネエ系、みたいな感じですか？」

「そーそー」

「どこで知り合ったんですか？」

「新宿《しんじゅく》の歌舞伎町《かぶきちょう》」

テレビでしか聞いたことのない街の名前に、ほえーって感心してから、ちょっと前に萌夏《もか》さんから聞いた話が脳裏《のうり》を過《よ》ぎった。

——青江さんって今はフツーの主婦だけど、若い頃は結構派手に遊んでたんだって。

私には「派手に遊んでた」のイメージがまったくつかなかったんだけど、こういうことなのかも。

青江さんは高校生二年生の息子《むすこ》さんがいるママさんで、大学受験が心配ってよくこぼしてる。うちのお母さんより緩《ゆる》い雰囲気だしサバサバ系ではあるけど、教育熱心なんだなって思ってた。うちのお母さんとこういうところは一緒《いっしょ》なんだなって。

でも若い頃は派手に遊んでて、ゲイバーのママの友だちもいて。人は見かけによらないというか、通ってくる道は色々って感じでなんか面白《おもしろ》い。

「それにしても」って青江さんに話しかけられた。

「優芽ちゃん、接客にもだいぶ慣れてきた感じだね」

「そ、そんなことないです」

梨花さんにも肝が据わってるなんて言われるし。

これはもしや、ちょっと慣れてきたからって、気が緩んでるってことでは……。

「最初は『大丈夫《だいじょうぶ》かなーこの子』って思ってたけど、よかったよ」

遠慮《えんりょ》のない青江さんの言葉に、ははって小さく笑っておいた。

八月初旬《しょじゅん》、もうすぐお盆《ぼん》。

気がつけばEバーガーで働き始めてから三週間が経《た》とうとしていて、お店の空気や仕事にもだいぶ慣れてきた。気楽に話ができる人も増えてきて、それだけでずっと気持ちが軽くなる。

チラと自分の胸元《むなもと》の名札を見た。一匹《ぴき》ぼっちだったウサギのアリサは、今ではキツネのエミリとリスのアンドレアという仲間を得てトリオになっている。客席の整頓《せいとん》や掃除《そうじ》を任されるフロアマスターと、基本的なレジ対応を任される接客ビギナーのシールを先週ゲットしたのだ。

接客シールには上級の「接客マスター」もあるし、オーケストラになるにはキッチンの仕事も覚えないとだから、まだまだ先は長い。

だけど、仲間ができたのはとっても嬉《うれ》しい。

そんな風にできることが少しでも増えると、前より周囲を見たりものを考えたりする余裕《よゆう》も出てくるのかも。きっと最初の頃だったら、おじさんのネイルを褒《ほ》めたりなんてできなかった。

私が思っていたより世界はずっと広くて、色んな人がたくさんいる。そういうのが見えてくるのはとっても楽しい。

♪♪♪

そんな夏の日は長く、まだまだ明るい午後六時前。

「ここでいいのかな……」

チケットの裏に印刷されていた地図と会場名、そして日付を何度も確認《かくにん》し、私はその建物に足を踏《ふ》み入《い》れた。

アルバイト帰りの足で、私はその日、隼人《はやと》さんの大学の演劇サークルの舞台《ぶたい》を観《み》に来た。

今日だけは、お母さんにチケットを見せて門限を延ばしてもらってる。うちのお母さんは何かと厳しいけど、音楽や演劇といった芸術鑑賞《げいじゅつかんしょう》が理由なら甘《あま》いのだ。

会場は複合施設《ふくごうしせつ》になっている大きな建物内の小ホール。Ｅバーガー京成千葉中央駅前店《けいせいちばちゅうおうえきまえてん》から、徒歩十分もかからない場所にある。

ドキドキしながらロビーに入ると、壁《かべ》の掲示板《けいじばん》に見覚えのある星空のチラシが貼《は》ってあるのを発見した。会場はここで間違《まちが》いなさそう――

「守崎《もりさき》？」

思いがけず名前を呼ばれ、声の主をふり返って目を丸くした。

「源《みなもと》くん？」

少しダボついた黒いTシャツにジーパンという格好の源くんが立っていた。そういえば、お店の外で会うのは初めてかも。

「もしかして、源くんも隼人さんの舞台観に来たの？」

「お前、隼人さんに借りでもあんの？」

「借り？」

聞けば、源くんは隼人さんにバイトのシフトを代わってもらったことがあり、その埋《う》め合《あ》わせにとチケットを買わされたのだという。

「私は、普通《ふつう》に隼人さんのお芝居《しばい》を観に来ただけだよ」

すると、源くんは「うわぁ」とでも言いたげに顔を引きつらせ、私を置いてさっさと行ってしまった。

……なんであんな顔するの？

ちょっとムカッとしたけど行き先は同じ。源くんのあとを追いかけるように、私は会場となっている二階の小ホールへ向かった。

階段を上って受付でチケットを見せて中に入る。幕の下ろされたステージのあるこぢんまりした空間に、ずらりとパイプ椅子《いす》が並んでいた。床《ゆか》は暗い色のカーペット、客席には少し傾斜《けいしゃ》があり、後方の席でもステージがちゃんと見えそうだ。

開演十五分前、客席はそこそこ埋まっていて、私はチケットに書かれた番号の席を探す。

「……またお前かよ」

私の席は、源くんの隣の席だった。いかにもイヤそうな顔をされる。

「私が隣ですみませんね」

嫌《いや》みの一つも言いたくなってそう返すと、源くんはため息を隠《かく》そうともしない。

どうしてこう、源くんって塩対応なんだろう。

仕事には慣れてきたけど、源くんにはいまだに慣れることができないでいる。

アルバイト中は色々と教えてはくれるけど、ほかの人とするようなちょっとした雑談とかはまったくしたことがない。愛想《あいそ》がないのはほかの人に対しても同じだけど、でも雑談すらないっていうのは私だけな気がする。そして、一歩店の外に出ればこの態度。

私、嫌《きら》われるようなことでもしたかな……。

初めてINしたときにダメダメだったのは認めるけど、それでも次の日にはちゃんと挨拶《あいさつ》をできるようにがんばって、少しは認めてもらえたような気がしたのに。

「前から気になってたんだけど」

ふいに隣から話しかけられて顔を向けた。その切れ長の目がまっすぐに私を見てて、ちょっとだけドキリとする。

「な、なんでしょう……？」

「お前、なんでいつもバイトに制服で来るの？」

答えに困った。

理由は簡単、学校に行くフリをして家を出ているからだ。

けど、そんな事情を源くんには説明できないし、もし説明したとしてもバカにされるだけだろうし。

「……私服、あんまり持ってないし、制服がその……好きで」

自分から質問してきたくせに、源くんは私の答えを聞くと相槌《あいづち》すら打たずに目を逸《そ》らす。結局、事情を説明しなくてもバカにされた気がする。

地団駄《じだんだ》でも踏《ふ》みたい気持ちになってたら、開演五分前のアナウンスが流れた。

幕が上がると腹立たしい気持ちはどこへやら、私はすぐに舞台に釘《くぎ》づけになった。

宮沢賢治《みやざわけんじ》の『銀河鉄道の夜《ぎんがてつどうのよる》』をアレンジした脚本《きゃくほん》で、銀河鉄道に乗《の》り込《こ》んだ少年カムパネルラとジョバンニの物語。

カムパネルラとジョバンニは小柄な女性が演じていた。身ぶりの大きな演技はコミカルで、アドリブなのか客席からは時折笑い声が起きる。

けど、私の心はそれどころじゃなかった。

……隼人さん、いつ出てくるんだろう。

二年ぶりの隼人さんの演技。何よりもそれを楽しみに来たのだから。

そんな風にじれったく思いつつ観ていた、物語の半ばほど。

ようやく、探していた姿が舞台に現れた。

隼人さんの役は、銀河鉄道に乗り込んでくるお客さんの一人。大きな黒いマントを翻《ひるがえ》し、靴《くつ》を鳴らして出てくる姿に息を呑《の》む。

胸の内が震《ふる》える思いがした。

普段《ふだん》のふんわりしていて爽《さわ》やかな雰囲気とも、アルバイト中の雰囲気とも違《ちが》う。

舞台の上にいるのは、私の知っている隼人さんとはまったく別の人。

出番の多い役ではなさそうだった。それでも、その堂々とした演技、声はまっすぐに胸に届く。

隼人さんはやっぱりすごい。

それに演劇のことは詳《くわ》しくないけど、二年前よりその演技にさらに磨《みが》きがかかっているような気もして興奮を抑《おさ》え切《き》れない。

こんな風になりたかった。

こんな風に、なれるだろうか。

上気するのを感じつつ、身を乗り出すようにして観ていた舞台は一時間半ほど。あっという間に終演し、私はこれでもかと拍手《はくしゅ》を送った。


建物の外に出てスマホの電源を入れると、もう二十時近くになっていた。

お母さんに『さっき公演が終わった』って報告のメッセを送り、それから私のことなんて無視して先を歩いていく源くんを慌《あわ》てて追いかける。

「源くん、千葉駅から帰る？」

その背中に声をかけると、「そうだけど」とボソッと返ってくる。

「駅まで一緒に帰ってもいい？　一人だとなんか心細くて……」

「は？」

夜とはいえ、飲食店が並ぶ通りは明るく往来する人の姿は多い。心細い、なんて言う方がおかしいのはわかってたけど。

「私、暗くなってから一人で外、出歩くことがあんまりないから、その、落ち着かなくて」

「なんだそれ」

「今日は許可もらったんだけど、いつもは門限、七時だから……」

源くんは小さくなっている私を見て肩《かた》をすくめると、少しだけ歩調を緩めてくれた。隣を歩いてもいいってことだと解釈《かいしゃく》し、ホッとして一歩前に出る。

「舞台、面白かったね」

話しかけると、源くんは前を向いたまま「そうか？」って答えた。

「脚本がグダグダすぎて、俺《おれ》、五回ぐらい途中《とちゅう》で帰ろうかと思ったけど。金払《はら》ってまで観るもんじゃねーよ」

とんでもない酷評《こくひょう》っぷりだ。

確かに、ストーリーはよくわからないまま大団円を迎《むか》えたし、場面転換《ばめんてんかん》がわかりにくい個所《かしょ》もいくつもあったけど。

「で、でも！　役者さんの演技はすごかったよ」

一年生だからか隼人さんの出番自体は多くなかったものの、それでも期待以上だった。

終演後にロビーで隼人さんとちょっとだけ話せたけど、感動のあまり「すごかったです！」としか言えなかった。

隼人さんには「大げさだなー」って笑われちゃったけど、大げさでもなんでもない。

私はそれくらい感動したし、胸が震えた。

観に来てよかった。

あの頃の気持ちを思い出せたような気もして、本当によかった。

隼人さんの演技を思い出すなり私の身体《からだ》は再び熱を帯び、蘇《よみがえ》った興奮のあまりついこんな話をしてしまう。

「私ね、本当は、高校生になったら演劇部に入りたかったんだ」

考えるような間のあと、源くんが訊《き》いてくる。

「うちの高校、演劇部あったっけ？」

「ないよ。私、本当は新宿幕張《にいじゅくまくはり》に行きたかったんだよね」

学校説明会で隼人さんの演技を観たこと、演劇部に入りたいと思ったこと、だけど受験に失敗したことなんかをポツポツと話した。

「じゃあ、前から隼人さんと知り合いだったってこと？」

「知り合いっていうか、一方的に知ってただけなんだけど……」

変な風に誤解されたくなくて、慌ててつけ加えた。

「あんな風に演技ができたら、変われるかなって思って――」

「なんだそれ」

遮《さえぎ》るように返され、おまけに鼻で笑われた。

大まじめだった私はちょっとカチンときて、でも隣から向けられた視線の冷たさに続きを呑《の》み込《こ》む。

「本当にやりたいなら、演劇なんていくらでもやりようあんだろ」

源くんは軽蔑《けいべつ》の眼差《まなざ》しを隠そうともせずにそう吐《は》き捨《す》て、顔を背《そむ》けると以降は口を開こうともしなかった。

さっきまでの興奮はどこへやら、体中の血が下がるように感じた私は、たちまちいたたまれなくなって半歩下がる。もう源くんの視界に入ることすらイヤだ。

源くんの指摘《してき》は、図星以外の何ものでもなかった。

受験に失敗した、進学先の高校には演劇部がなかった。

私はそんな言い訳を並べて、諦《あきら》めることしかしてこなかった。

だから高校生活もうまくいかない、友だちも作れないって卑屈《ひくつ》になってた。

なんの努力もしてないのに。

本当にやりたいなら、源くんの言うとおり、やりようはあったはずなのに。

そんな風に諦めてしまえるほどの情熱しか、所詮《しょせん》私は持っていなかった。そのことを、否応《いやおう》なしに痛感させられてしまう。

——だけど。

変わりたいって思う気持ちは今だって持ってるし、嘘《うそ》じゃない。

演劇じゃないけど、アルバイトで少しは変われたんじゃないかって思ってたのに。

気がつけば、源くんからは半歩どころか数歩遅《おく》れていた。でもその背中は、そんな私を気にかけることすらしてくれない。

この人は、私が何をしても認めてなんてくれないのかも。

気まずい空気のまま黙《だま》って歩き続け、駅前のバスロータリーに到着《とうちゃく》したところで源くんがふり返った。

「ここまで来れば、もう一人で帰れるだろ」

私のことを徹底的《てっていてき》に無視していたくせに、私が「心細い」って言ったことは一応覚えていてくれたらしい。

「うん。その、ありがとう……」

「じゃあな」

役目は果たしたとばかりに、源くんはさっさと歩きだそうとする。

「——あ、あの！」

咄嗟《とっさ》に声をかけ、その背中を引き留めた。

「源くんはその……何駅？」

「四街道《よつかいどう》だけど」

総武本線《そうぶほんせん》か成田線《なりたせん》で、千葉駅から下って三つ目の駅。そして、私の最寄《もよ》り駅《えき》の次の駅でもある。どう考えても帰りは同じ電車だ。

気まずい時間を長引かせるだけだし、一緒に帰る必要はない。でも同じ路線だとわかってて黙ってるのも……って逡巡《しゅんじゅん》している私にかまわず、源くんは「じゃあな」と去っていった。

その姿が見えなくなるまで見送ってから、ため息をつきつき私も歩きだす。

三階の改札に向から千葉駅のエスカレータに乗った直後、ポケットの中でスマホが震えた。

お母さんかと思って見ると、予想外に隼人さんからのメッセ。

『今日は来てくれてありがとう！　また公演があったら誘《さそ》います』

にこにこマークの絵文字つき。

隼人さんに話したいことはたくさんあった。今日の舞台の感想もちゃんと伝えたかったし、普段のサークルの様子とか練習についても訊いてみたいって思ってた。

なのに。

源くんの冷たい視線が消えてくれなくて、テンションは全然上がらない。

何も知らないくせに、なんであんな言われ方されなきゃいけないんだって腹が立つ。

でも何より腹立たしいのは私自身で、悔《くや》しさのあまり唇を噛《か》んだ。

♪♪♪


お盆の週は、お父さんもお母さんも一週間仕事がお休み。親戚《しんせき》の家に行ったり墓参りだったりと予定があり、アルバイトのシフトも週に二日にしてもらった。

そんな二日のうちの一日目。いつものように制服姿で朝食をとり、お母さんからお弁当を受け取ったところで訊かれた。

「お盆の間も学校って開いてるの？」

思わず食パンを食《は》んでいた顎《あご》が止まった。

口の中のものを慌てて牛乳で流し込みつつ、えっと、と必死に頭を働かせる。

「学校の近くの図書館で、打ち合わせすることになってて」

「そうなの。夏休みだっていうのに、よく学校行くわね」

「まぁ、家にいてもやることないし……」

お母さんは納得《なっとく》し切《き》れていない顔で、「それと」って続けて訊いてくる。

「優芽、最近ファストフード店か何かによく行ってる？」

これには動揺《どうよう》を隠し切れず固まってしまった。

「な、なんで……？」

何か、アルバイトのことがバレるようなことでもしただろうか。

逮捕《たいほ》されるくらいなら自首した方が罪は軽くなる。ここはお母さんから指摘される前に、いっそ自分からアルバイトのことを白状すべきか……。

「なんか最近、制服が油臭《あぶらくさ》い気がして」

予想外の言葉に、思わず着ていた学生シャツの半袖《はんそで》部分を鼻に当てた。といっても、シャツは着る度《たび》に洗っているし、柔軟剤《じゅうなんざい》の香《かお》りしかしない。臭《にお》うとしたらスカートの方か。

「その……部活帰りに、学校の近くのEバーガーに寄ったり、とか？」

結局、適当な嘘でごまかしてしまった。

Eバーガーは圧倒的《あっとうてき》な店舗数《てんぽすう》を誇《ほこ》る全国チェーン。学校の近くにお店があるのは嘘じゃない。

「まぁ、寄り道くらいはかまわないけど。油ものばっかり食べてると、ニキビできるわよ」

目下の疑念は晴れたらしい。それ以上は訊かれず、内心胸を撫《な》で下《お》ろした。

Eバーガーの裏口から中に初めて入ったとき、フライドポテトの匂《にお》いがするって思ったのを思い出す。

Eバーガーの店内は、揚《あ》げものや焼いたお肉の匂いなんかでいっぱいだけど、それにもすっかり慣れて最近は何も感じなくなっちゃってた。今日は帰りに消臭《しょうしゅう》スプレーを買って帰ろう。

「Eバーガーって高校生に人気なの？」

ふいにそんなことを訊かれ、「まぁ」って答えた。

「安いし……高校生でバイトしてる人も多いよ」

私にしては、渾身《こんしん》の回答だった。

どうせいつかは話さないといけないのだ。お母さんの反応次第《はんのうしだい》では今がそのチャンスかも、と内心ドキドキして様子を窺《うかが》う。

もし好意的な反応なら――って祈《いの》るように思ったけど。

「高校生のうちからアルバイトなんて、必要ないでしょ」

一刀両断。自首するモチベーションはたちまち霧散《むさん》した。

お母さんの、こういう反応は予想してたけど……。

私が内心がっくししていると、ずっと黙っていたお父さんが急に吹《ふ》いた。

飲みかけのコーヒーのカップを置き、身体をくの字に折ってクックッ笑いだす。

「どうしたの？」ってお母さんが怪訝《けげん》な表情になる。

「なんでもない……」

私は顔を赤くし、笑い続けているお父さんを密《ひそ》かに睨《にら》みつけた。

お父さんってば、絶対面白がってるし！

何かと寛容《かんよう》だし同意書にさくっとサインしてくれたりするところはいいけど。なんというか、お父さんには私のやることなすこと、いちいち面白がってる節がある。

今の状態でアルバイトのことがお母さんにバレたら、お父さんだって怒《おこ》られるの、わかってるのかな……。

夏休みも残り二週間ちょっと。自首のタイミングがわからないまま、時間は着々と過ぎていく。


そうしていつもどおり、午前十時過ぎにEバーガー京成千葉中央駅前店に到着した。

お盆期間だってこともあり主婦陣《しゅふじん》はおらず、今日のシフトは高校生や大学生が中心みたいだ。

楽屋で着替《きが》えて店の方に出ると、キッチンに修吾《しゅうご》さん、そしてカウンターには源くんがいた。源くんに会うのは観劇のとき以来。

「……おはようございます」

普通にしようと思ってたけど、いざ源くんの顔を見ると気まずさが勝った。

けど源くんの表情にはこれといった変化がなく、「おはようございます」ってさらりと挨拶を返される。

……わかってたけど。

どうせ、言われたことを気にして気まずく思うのは私だけなのだ。源くんは私が何をしたって関係ないって感じだし。

こういうときこそ、個人的な感情には蓋《ふた》をしてEバーガーのプレイヤーを演じるべきなのに。掃除をしてても接客をしてても、抱《かか》えたもやもやが大きすぎて作った仮面の下から滲《にじ》み出《で》る。

そうして午前十一時半になり、源くんがピークに向けて資材などの準備をするというので、私がカウンターに立つことになった。お盆期間ということもあり、お客さんは家族連れや若い子のグループが多い。

そんな中、ポロロロンという音のあと、いかにもサラリーマン風のスーツ姿の三十代くらいの男性が現れた。

お盆もお仕事なのかな。

その男性は片腕《かたうで》にスーツのジャケットをかけ、むっつりした顔で額の汗《あせ》を拭《ぬぐ》いながらカウンターの前に立つ。

「ご来場ありがとうございます。こちらでお召《め》し上《あ》がりでしょうか？」

そう笑顔《えがお》を作って私が声をかけると。

男性の目が途端《とたん》に吊《つ》り上《あ》がった。

「テイクアウトに決まってんだろっ」

それはちょっとビクつくくらいの声量で、私の顔からは笑みがポロリと落ちてしまう。

「いつもと同じ、アイスコーヒー一つ、以上！」

いつも、ということは。

きっとこのお客さん、常連さんだ。

男性は音を立てて百円玉を二枚置くと、まるでカウントダウンでも始めるかのように右手の人差し指でカウンターを叩《たた》き始《はじ》める。

私はそそくさとお会計を済ませ、レシートを渡《わた》そうとしたが再び睨まれて引っ込めた。「受け渡しカウンターの方で少々お待ちください」と頭を下げ、急いでアイスコーヒーを用意する。

「持ち帰り用の袋《ふくろ》はご入り用ですか？」

「要《い》らん」

氷を入れた透明《とうめい》なカップにアイスコーヒーを注ぎ、ストロー、ミルク、ガムシロップと一緒に手早く受け渡しカウンターに出した。

「大変お待たせいたしました。こちら、お持ち帰りのアイスコーヒーに――」

男性がパンッと手のひらで受け渡しカウンターを叩き、響《ひび》いた鋭《するど》い音に一瞬《いっしゅん》店の中が静かになった。

「あの……」

「ミルクは二つ、ガムシロップは一つ。どうしてそんなこともわかんないかな」

そんなの、わかるわけないし！

なんて抗議《こうぎ》の声は胸の内に留《とど》めた。それに、高圧的な態度に内臓が縮みかけてしまう。

「大体、この店はさぁ……」

そして気がつけば、男性はそんな私にくどくどと説教を始めるのだった。

この人、アイスコーヒー一杯《ぱい》でなんでこんなに怒ってるんだろう……。

小さくなって聞いていた文句だか説教だかわからない言葉が、ようやっと途切《とぎ》れたときだった。

「――おい」

いつの間に戻ってきたのか、後ろから源くんに小さく声をかけられた。

「俺が対応するから代われ」

店の空気もすっかり悪くなってる。これ以上私に対応させるよりは、慣れてる源くんの方がいいのは明らかだ。

——だけど。

「私が対応する」

「でも——」

何か言いたそうな源くんから顔を背けて、心の中でスイッチを入れ直す。

私だってやればできる。

がんばってるって、がんばってきたってところを源くんに認めさせたい。

私は男性に向き直り、そして。

深々と頭を下げた。

「大変失礼いたしました、すぐにご用意いたします」

ミルクをもう一つ用意して、ペーパーナプキンを添《そ》えて改めて男性の方に出す。

それから、全力の笑顔を作った。

「本日は不手際《ふてぎわ》があり、大変申し訳ございませんでした。精いっぱい対応させていただきますので、またのご来場、お待ちしております」

にっこり笑いかけると、男性は毒気を抜《ぬ》かれたような顔になった。

男性もそれ以上は怒る気がないらしい。アイスコーヒーのカップを無言で受け取り、最後にふんと鼻を鳴らすと、にこりともせずに店を出ていった。

こうしてその姿が店の外に消えると、私の中のスイッチが切れた。

脱力《だつりょく》のあまり、近くのカウンターに両手をつく。

……ビビった。超《ちょう》ビビった。

百五十円のアイスコーヒーでキレられるとか、わけわかんなかった!

「もしかして、何かあった?」

キッチンの奥にいたのか、騒《さわ》ぎに遅れて気がついたらしい。今さらながら修吾さんがカウンターの方に顔を出した。

すると、源くんが端的《たんてき》に説明する。

「いつもの〝ミルク二個〟」

あのサラリーマンの人、〝ミルク二個〟ってあだ名つけられてるのか……。

修吾さんは「あぁ」って納得した顔になり、それから私を見る。

「もしかして、優芽ちゃんが対応した?」

「はい」

「怒られなかった?」

「ちょっと怒られましたけど、なんとか」

「ならよかった。アニマート、アニマート！　困ったらすぐ呼んでねー」

修吾さんは明るく軽くそう言って、再びキッチンの方に引っ込んだ。

アニマート……音楽用語で「元気よく」とかだったっけ。

あっけらかんとした修吾さんの様子にたちまち拍子抜《ひょうしぬ》けした。

私としてはものすごいモンスターに立ち向かったような気持ちになってたけど、こんなの、店の日常の一部に過ぎないってことか。

これくらい対応できたからって、源くんを見返せるわけがない。

一方、そんな源くんは私に呆《あき》れ顔《がお》を向けた。

「なんで代わらなかった？」

ため息交じりの言葉に、けどムキになって返す。

「さっきの対応じゃまずかった？」

じっと私を見つめたあと、源くんは小さく首を横にふった。

「さっきの対応ならいい。……あのリーマン、この時間に来るのは珍《めずら》しいけど、週に何度か来て二回に一回はキレるから覚えとけ」

「キレる大人ってヤツか……」

疲《つか》れた口調で私が返すと、源くんは意外そうな顔になる。

「ビビって泣くかと思った」

「それは、もちろんビビったけど」

お店で泣くとかナイし、心外にもほどがある。

けど、確かにバイトを始めたばかりの頃の私ならそうだったかもしれない。

店でよくある小さなトラブルに対処できたくらいで、大きく胸をはる気はない。それでも、ちょっとずつでも変われてるなら、そのことに自信を持つのはやっぱり悪くないかなって気がする。

仕事に戻ろうとする源くんに、私は思い切って声をかけた。

「演劇はやれなかったけど、変わりたいって思ってるのはホントだよ」

源くんは私の突然《とつぜん》の言葉に目を瞬き、考えるような間のあと、ようやくなんのことかわかったらしい。「あっそ」って軽く返してくる。

そして、ひと言だけつけ加えてきた。

「なら、勝手にしろよ」

その口調は、少しくらいは私のことを認めてくれてる——とはやっぱり思えなくて、心の中で地団駄を踏んだ。

4．お客さま、ご注文はお済みでしょうか？

楽屋の壁《かべ》に貼《は》ってあるプレイヤーたちの写真を、青江《あおえ》さんはなんだか楽しそうに指差した。

「若い男女が集まる場所なんだから、そりゃ色々あるよー」

お盆《ぼん》の出勤日もこれで最後。そんな今日のシフトは青江さんとお昼休憩《ひるきゅうけい》がかぶっていて、そこにこれからシフトに入るという萌夏《もか》さんも現れた。

女ばかり三人寄ればなんとやら、すっかり女子会のノリで話題は店内の噂話《うわさばなし》になる。

私は「色々あるんですか？」と向かいに座《すわ》った萌夏さんに訊《き》いた。

「まーねー」

しかしさして噂話には興味がないのか、萌夏さんは私の手元を見て訊いてくる。

「それおいしい？　あたし、まだ食べてないんだけど」

今日はお母さんのお弁当はお休みにしてもらい、お店でお豆腐《とうふ》バーガーのセットをプレイヤー割引で買ってみた。従業員は三割引でセットを購入《こうにゅう》できるのだ。

アメリカに本社があるEバーガーだけど、鰯《いわし》バーガーやてりやきチキンバーガーといった日本限定のメニューがあり、お豆腐バーガーもその一つ。

中のお豆腐ハンバーグは蒸《む》し器《き》で加熱していて脂《あぶら》っこくなく、夏限定でレモンソースがかかっている。数量限定で先週販売開始したばかりだ。

「さっぱりしてておいしいです」

「私、ちょっとさっぱりしすぎだと思ったけど」

「青江さんは濃《こ》い味好きだよね」

萌夏さんは壁のインスタント写真に目をやった。

「そういや、梨花《りか》さんが辞《や》めるかもって聞いたんだけど、ホント？」

「え、梨花さん辞めちゃうんですか？」

小柄《こがら》でかわいらしい雰囲気《ふんいき》の大学生の梨花さん。たまにしかシフトがかぶらないので、まだじっくりと話したことはなかった。

「さすが萌夏、情報が早いね」と青江さんが感心したように返す。

「ってことは、あの二人、遂《つい》に？」

「どうだかねー。修吾《しゅうご》の方は訊いてもはぐらかすし」

よくわからないまま萌夏さんと青江さんの話を聞いていた私は、青江さんの発した「修吾」という名前に顔を上げた。

「梨花さんと修吾さんって、何か関係あるんですか？」

すると二人は「知らなかったの？」って声を揃《そろ》えて訊いてくる。

「あ……はい。なんかすみません」

空気を読めない質問をしちゃった気がしたものの、萌夏さんが教えてくれた。

「修吾さんと梨花さん、ずっと付き合ってんだよ。もう二年くらい？」

なんだか喰《く》えない雰囲気のメガネ男子の修吾さんと、かわいらしい梨花さん。二人が一緒《いっしょ》にいるところは見たことがなかったけど、なるほどそれはお似合いかも。

大学生カップルとか、なんか大人って感じがする。高校生カップルとは違《ちが》う付き合い方がありそう——なーんて、彼氏《かれし》どころか友だちすらろくにいない私には縁遠《えんどお》すぎる話だけど。

「で、今は喧嘩中《けんかちゅう》で、結構深刻な状態みたい」

「え、もしかして、別れそうってことですか？」

青江さんと萌夏さんが揃ってため息をついた。

「梨花さん抜《ぬ》けるの、シフト的に結構痛いんじゃない？」

「また店長の目の下のくまが濃くなりそうだねー」

私の面接のときも、人が抜けたばかりだって聞いたような。人が足りないと店長にしわ寄せがいくんだろう。

「まぁでも、アルバイトなんて本人の気持ち次第《しだい》だからねー。梨花が辞めたいって言うなら止められないし」

「人が入《い》れ替《か》わることとって多いんですか？」

「まぁ、少なくはないよね」と萌夏さん。

「特に、若い子は色恋沙汰《いろこいざた》で辞めちゃうことも多いし」とは青江さん。

「そんなもんなんですか……」

うちの店のプレイヤーは三十人ほどで、二十代以下が三分の二近くを占《し》めている。新参者の私が知らないだけで、カップルも少なくないのかも。

……あの源《みなもと》くんにも、彼女《かのじょ》がいたりするのかな。

私にはなぜか塩対応だけど、顔だけ見たら整ってる方だし、頭だっていいし。

「付き合うのはいいけど、別れてお店辞められちゃうと困るよねー」

他人事《ひとごと》のように話す萌夏さんに、「ないんですか?」ってつい訊いた。

「何が?」

「萌夏さんは、そういう話」

「あたし、そういうのめんどい」

「みんなが萌夏みたいだったら楽なのにねー。特に——」

ふいにスマホが鳴って、青江さんは言葉を切った。家から電話、ってぶつぶつ言いながら楽屋を出ていく。

一方、萌夏さんは私の方をまじまじと見て訊いてきた。

「そういう優芽《ゆめ》ちゃんはないの?」

笑って即刻《そっこく》否定した。

「あるわけないですよ」

「じゃ、フリーなんだ。拓真《たくま》とかどう? 学校同じなんでしょ?」

ということは、源くん、彼女いないのか。

勝手に芽生えた仲間意識のせいでホッとしたような気持ちになりつつ、でもその提案には笑うしかない。

「私、源くんには嫌《きら》われてるんで」

「そんなことないと思うけど。ま、気難しいヤツではあるよねー」

萌夏さんは頬杖《ほおづえ》をついて壁の写真を見る。

「Eバーガーのお店はあちこちにあるし、それ以外のアルバイトも世の中にはたくさんあるし。続けるのも辞めるのも自由だけど」

そして、ポツリとつけ加えた。

「あたしはこの店、わりと好きだけどね」


♪♪♪


お盆を過ぎても夏はまだまだまっ盛《さか》り。気がつけばノープラン・ノーイベントだと思っていた夏休みも残り二週間ほどとなっていた。

終業式の日には、まさかこんな夏休みになるなんて思ってもみなかった。

夏休みの予定を楽しそうに話していたクラスメイトたちの様子を思い出す。私がアルバイトをしてるって知ったら、驚《おどろ》いてくれる人はいるかな。

お店にお客さんとしてクラスメイトや知り合いが来ることもあるかも、ってドキドキしてた時期もあるけど、千葉駅からはちょっと距離《きょり》があるし、その機会はまったくない。

数日後には登校日もあり、帰宅部のメンバーを中心に文化祭の打ち合わせをすることになっていて、私もそのメンバーにカウントされていた。

今までの私じゃイヤだ、変わりたいって思って、そうなれるように約一ヵ月、がんばってきたつもりだったけど。

学校ではどうだろう……。

どこからともなく聞こえてくるセミの声を聞きながらそんなことを考えつつ、午前十時前に千葉駅に到着《とうちゃく》し、京成千葉中央駅《けいせいちばちゅうおうえき》を目指していたときだった。

通りすがりのオフィスビルの入口で、インターフォンのカメラに向かってペコペコと頭を下げているスーツ姿の男性を見かけた。

大人は夏休みが短くて大変だな、なんて思いながら通り過ぎる直前。

その男性の顔を見てギョッとした。

つい足を止めそうになったけど、気づかれたいわけでもないので、そのままそそくさと退散する。

〝ミルク二個〟さんだった。

腰《こし》を低くして何度も頭を下げる姿を見ていると、お店であんなにイライラして怒鳴《どな》り散《ち》らしてたのが嘘《うそ》みたい。

どっちが〝ミルク二個〟さんの本当の姿なんだろう。

そんなことを考えていたら、この一ヵ月で知り合った色んな人の顔が浮《う》かんだ。

高校中退のフリーター、実は優《やさ》しくて仕事に一生懸命《いっしょうけんめい》な萌夏さん。

昔は派手に遊んでいたけど、今は教育熱心なママである青江さん。

いつも爽《さわ》やかな雰囲気だけど、演劇に対しては情熱的な隼人《はやと》さん。

私には手厳しい塩対応だけど、ほかの人にはそうでもない源くん。

そして、学校になじめていない一方、バイトでは演技を覚えた私。

みんな色んな一面を持っている。本当も嘘もないのかも。


お店に着いた私は、制服に着替《きが》えてPOSマシンで出勤時間を入力し、けどすぐに再び楽屋に戻《もど》った。楽屋の椅子《いす》には諏訪《すわ》店長が座っていて、私もそそくさとその向かいに腰かける。

「それじゃ、よろしくお願いします」

諏訪店長ににこっと笑《え》みを向けられて、私も「よろしくお願いします」って頭を下げた。

今日は勤務時間前に、店長と簡単な面談をすることになっているのだ。

諏訪店長は人のいい笑みを浮かべたまま、手にしていたファイルをパラパラと見ながら話しかけてくる。

「もうすぐ一ヵ月ですが、お仕事、慣れてきましたか?」

「はい」

「守崎《もりさき》さんがトレーニングがんばってるって、青江さんや萌夏さんに聞きましたよ」

チラと自分の名札を見る。オーケストラの仲間たちのシールは三枚。

「シールが増えるの、なんか嬉《うれ》しくて」

現在、四枚目のシールであるポテトマスターのクマのピーターをゲットすべく、がんばっているところだ。

ポテトをフライヤーにセットして調理したり、決められた時間内に正しいサイズのポテトをパッキングしたりできるようにならないといけない。決まったサイズのケースに、ポテトが綺《き》麗《れい》に縦に揃うように詰《つ》めるのが何気に難しい。

「シールをもっと増やしたいなら、キッチンの仕事も今後できるといいかもしれませんね」

諏訪店長の言葉に頷《うなず》いた。カウンター周りの仕事でもらえるシールは限られていて、源くんみたいにオーケストラを完成させたいと思ったら、キッチンの仕事ができることが必《ひっ》須《す》になる。

カウンターみたいにお客さんと向き合うプレッシャーはないけど、キッチンはキッチンで覚えることがカウンター以上に多い。

各食材のストック時間や焼き上がり時間、そしてもちろん調理方法。コーヒーやアイスティーの作り置き時間が厳密に決められてるのと同じ、おいしく食べられるように、食材ごとにきちんと品質管理をしているのだ。

焼いたビーフパティや揚《あ》げたフィッシュフライなどをストックする棚《たな》には小さなタイマーがたくさんついてて、食材を調理する度《たび》にタイマーをセットする。おかげでキッチンは色んなタイマーの音でいつもにぎやかだ。

何気なく買って食べていたお店の食べものが、こんなに細かく神経を遣《つか》って管理されているなんて、働いてみるまで想像したこともなかった。

「私、アルバイトって初めてだったんですけど……ちょっとずつ、色んなことがわかったり、できるようになったりするの、面白《おもしろ》いです」

諏訪店長は、にこにこしたまま私の言葉に小さく頷いてくれる。

「できることが増えると、楽しいですよね」

今度は私が諏訪店長の言葉に頷いた。

青江さんには「気が弱い」とかなんとか言われがちな諏訪店長だけど、いつも穏《おだ》やかな雰囲気でおっとりしていて、なんとなく親近感を抱《いだ》いてしまうというか、嫌いじゃない。

源くんみたいな怖《こわ》い店長じゃなくて本当によかった。

「私、人前に出るの苦手だったんです。でも接客でそれにも慣れてきて、なんかちょっとは変われてるのかもって思えるようになって……」

気がつけばそんなことまで話しちゃってて、でも諏訪店長はうんうん頷きながらちゃんと話を聞いてくれた。

大人の人にこんな風に自分の考えてることを話すのって、すごく久しぶり。

「うちのお店で働くことが、守崎さんの成長につながってるならよかったです」

アルバイトを続けられるかなって不安はもうなかった。どうせ帰宅部だし、二学期以降も部活代わりに続けられたらいいなと思う。

今後の目標や、二学期以降のシフトについても相談し、二十分ほどで面談は終了《しゅうりょう》した。

できるようになったことを認めてもらえて、次の目標を立てる。それだけのことなのに、単純な私はやる気満タンになって勇んで店の方に戻った。

家と学校の世界しか知らなかった私には、未知なる世界そのものであるこのお店。ほかにもお店やアルバイトはあるんだろうけど、今はこの世界でがんばりたい。

できる仕事が増えてくるにつれ、一人で任される時間も増えてきた。

そのおかげか、最初は四時間程度だったシフトの時間も最近は少し延び、勤務終了時刻が遅《おそ》くなることも増えた。

例えば今日は午後五時上がりで、一時間の休憩を除いて勤務時間は合計五時間半。立ち仕事だし、終わるとそれなりに疲《つか》れもするし、やり切った感がある。

そうしてもうすぐ勤務時間も終わろうという、午後五時少し前だった。アイドルタイムで、それなりにお客さんはいるが混雑ってほどじゃない。

カウンターには私と大学生の梨花さん、キッチンにはガルシアさんという布陣《ふじん》で十分店は回っていた。リーダーの隼人さんもＩＮしてるけど、少し前にドリンクの入れ忘れがあったってクレームがあり、お客さんが近くにいるそうなので届けに行っている。

カウンター周りの資材の補充《ほじゅう》や掃除《そうじ》をしつつ、私はポツポツと梨花さんと話をしていた。

「梨花さんって、福祉系《ふくしけい》の大学に通ってるんですか」

「そうなの。来年から実習が増えそうで……」

高校に入ったばかりの私にしてみれば、大学の話を聞くだけでもなかなか面白い——けど。

梨花さん、本当にお店、辞めちゃうのかな。

青江さんと萌夏さんに聞いた話が頭を過《よ》ぎる。訊きたい、けどそんなことを訊けるほど親しいわけでもない。おまけに恋愛事情《れんあいじじょう》も絡《から》んでいるとなると、ますます首を突《つ》っ込《こ》めない。

梨花さんは見た目どおりの明るくかわいらしい性格で、よく気が利《き》き、お客さんへの細かな声かけが得意なプレイヤーだった。ピークタイムなど、萌夏さんが何かと勢いで大ざっぱに仕事をこなしていくのに対し、梨花さんは時間がかかっても丁寧《ていねい》に一個ずつタスクを片づけるタイプだ。

色んな仕事の仕方があるし、それには個性も出る。梨花さんに教えてもらうこともあるんだろうなって思ってたのに……。

ガタン、と椅子が倒《たお》れる大きな音が、突如《とつじょ》店内に響《ひび》いた。

お客さんの話し声でにぎやかだった店内に沈黙《ちんもく》が落ち、有線の音楽だけが空気を読めないように変わらず流れ続けている。

どうしたんだろうと思っていたら、入口近くの四人がけのテーブル席を一人で陣取っている中年男性がいた。近くの椅子を倒し、テーブルに頬杖をついて座っている。その顔は赤いし、その背中はなんだかぐらぐら揺《ゆ》れている。

もしかして、酔《よ》ってる?

近くの席に座っていたお客さんが、そそくさと席を立って店を出ていってしまう。これはトラブルでは……と思っていたら、梨花さんがカウンターから出た。

「ちょっと、声かけてくる」

頼《たの》もしい、けど。

大丈夫《だいじょうぶ》かな……。

私がハラハラしているうちに梨花さんは小走りでその男性のテーブルに近づき、「お客さま、」と丁寧に声をかけた。

「ご注文はお済みでしょうか？」

男性は赤い顔を上げ、梨花さんにじとっとした目を向けた。

「ほかのお客さまのご迷惑《めいわく》になりますので――」

「うっせーな。ご注文ってんなら水寄越《よこ》せ、水！」

「ですが」

「こっちはお客サマだぞ？」

男の人が梨花さんの右手首を摑《つか》んだのを見て私は息を呑《の》んだ。

「……どうかしたネ？」

騒《さわ》ぎに気づいたガルシアさんがカウンターの方に顔を出したのに気づき、固まっていた私はハッとした。

オリエンテーションDVDでも、困ったことがあったらリーダーか店長に相談するようにって、キツネのエミリが言ってた。

今店にいる三人じゃ対処し切れない。

「すみません、私、ちょっと楽屋見てきます！」

隼人さんが戻ってきてればいいけど、もしいなかったら駅前の交番まで走ろう。お巡《まわ》りさんと話したことなんてないけど！

楽屋を覗《のぞ》くも隼人さんはまだ戻ってなくて、思わず頬が引きつった——そのとき。

「あ、優芽ちゃん」って軽い口調で声をかけられた。

パッとふり返ると、裏口のドアが開いて私服姿の修吾さんが現れた。何かのロゴがプリントされた白いTシャツ、首には大きなヘッドフォンをかけている。

私の顔を見るなり「どうかした？」とメガネの奥《おく》で眉《まゆ》をひそめた修吾さんに、「梨花さんが……」って状況《じょうきょう》を説明すると。

「——あのバカ」

そう呟《つぶや》いて舌打ちするなり、修吾さんは再び店の裏口から外に飛び出していった。

どこに行ったんだろうって考えてから、私は慌《あわ》てて店の方に戻った。

私がカウンターのところに戻るのと、裏から出ていった修吾さんが店の正面入口から現れたのはほぼ同時だった。

修吾さんはほとんど駆《か》けるようにして酔《よ》っ払《ぱら》いのところへ行くなり、梨花さんの手首を摑んでいたその手を問答無用で捻《ひね》った。

「いっ……」

悲鳴を上げて立ち上がった男の腕《うで》を、修吾さんはそのまま押《お》さえ込《こ》む。どう考えても体格のいい修吾さんの方が男より力が強く、ほとんど抵抗《ていこう》もできないようだ。

その様子を呆然《ぼうぜん》と見ている梨花さんに、修吾さんは険しい表情のまま、でも気遣《きづか》いの感じられる口調で訊いた。

「何もされてないか？」

コクコク頷く梨花さんにわずかに表情を緩《ゆる》め、修吾さんはそのまま男を引きずって店の外に連れていった。

あっという間の出来事だった。

店にはポカンとしたような空気が流れていたが、梨花さんが上げた「失礼しました！」という声に私は現実に引《ひ》き戻《もど》される。

椅子とテーブルを拭《ふ》くためのクロスを手にカウンターを出て、乱れた机と椅子を片づける梨花さんを手伝った。

——という話を、翌日、休憩時間に楽屋で一緒になった源くんにした。

「修吾さんがパッと駆けてって、颯爽《さっそう》と酔っ払いから梨花さんを助けたの！　もう何この胸キュン展開って思った！」

興奮気味に話す私に源くんはいかにもげんなりって感じの目を向けてくる。けど、誰《だれ》かに話したくてしょうがなかったので、この際そんなものはどうでもいい。

修吾さんは酔っ払いを駅前の交番に連れていったあと、戻ってくるなり梨花さんに説教した。

――何かあったら無茶せず交番に行けって前から言われてただろ！

近くにはお酒を出すお店も多いとのことで、酔っ払いが絡むトラブルは今回に限った話じゃなかったらしい。何かあれば駅前の交番に駆け込むようにとは私も聞いていた。

けどそんな事件のおかげもあって、ずっと喧嘩をしていた二人は仲直りして、梨花さんが店を辞めるって話はなくなったそうだ。

「なんでお前がそんなに嬉しそうなんだよ」

「だって、梨花さんが辞めなくてよかったじゃん！　それになんか、ああいうの憧《あこが》れるし」

すると、ずっと呆《あき》れ顔《がお》だった源くんがこんなことを訊いてきた。

「隼人さんに助けてもらいたいとか思ってるわけ？」

突然《とつぜん》の言葉に「え？」って答えてから、以前、源くんに言われた言葉を思い出す。

――隼人さんのこと好きなの？

「べ、別にそんなこと言ってないし！」

「憧れてるとかどうとか言ってただろ」

「そ、それは演技の話で、これとは別問題っていうか――」

あわあわしていたら楽屋のドアが開き、私は続きを吞み込んだ。

「なんかにぎやかだねー」と制服姿の青江さんが入ってくる。

「恋《こい》バナでもしてたの？」

「いやその……り、梨花さんと修吾さんの、この間の話をしてて！」

青江さんの休憩はまだだったような、と思っていたら、リーダーの仕事みたいで青江さんは書類棚になっているスチールラックに向かった。それから、「あぁ、あの二人」と応える。

「まぁ、ヨリ戻ったならよかったよね。なんだかんだで、うちの店の名物カップルみたいなものだし」

青江さんはラックからファイルを取り出して中をパラパラやりながら、ふと思い出したような顔になってため息をついた。

「それに比べて、隼人ときたら……」

急に出てきた隼人さんの名前に、私はきょとんとして目を瞬《しばたた》く。

「隼人さん？」

青江さんは手にしていたファイルを閉じ、私の疑問に応えた。

「そっか、優芽ちゃん知らないよね」

源くんは関わり合いになりたくないと言わんばかりに私から顔を背《そむ》け、一方、青江さんは噂話好きなのが見て取れる、どこか活《い》き活《い》きとした表情で壁のプレイヤーの写真を指差した。

「ま、隼人もさ、悪い子じゃないんだけど」

この子、この子、あ、それにこの子もか。

青江さんはひょいひょいひょいっと若い女の子の写真ばかりを順番に指し示していき、最後にこうまとめた。

「みーんな、隼人の元カノ」

5. お先に失礼します！

思いがけない話を聞かされたショックのあまり、休憩後《きゅうけいご》の二時間は記憶《きおく》が曖昧《あいまい》だった。

午後五時になり、今日のシフトは終了《しゅうりょう》。

着替《きが》えてあとはさっさと帰るだけだっていうのにその活力すらわいてこず、楽屋に戻《もど》るなりパイプ椅子《いす》に音を立てて座《すわ》った。

——隼人《はやと》ってさ、仕事はまじめだし顔もいいのに、なんでか女グセ悪いんだよね。

青江《あおえ》さんの言葉が蘇《よみがえ》る。

そして聞くところによると、私がここで働き始める前に辞《や》めてしまったという大学生の女の子も、隼人さんと付き合っていた人なのだという。

——付き合っても長く続かなくて、すぐに別れるの。

そして、青江さんはカラッと笑った。

——優芽《ゆめ》ちゃんも気をつけてね！

あのときの「あーあ」とでも言いたそうな源《みなもと》くんの顔を思い出すなり、両手で顔を覆《おお》って一人悶絶《もんぜつ》した。

何も知らないで憧《あこが》れて。

心躍《おど》らせて演劇を観に行って。

そんな私を、源くんはどんな目で見てたんだろう。

……もうどこかに埋《う》まっちゃいたい……。

そんな感じで楽屋でうだうだしていたら、よりにもよってその源くんが現れた。

「まだいたのかよ」

時計を見ると、私のシフトが終わってからもう三十分以上経《た》っている。

「……私がどこで何してても関係ないでしょ」

むくれて応えたけど返事はなく、落ちていくテンションのままテーブルに突《つ》っ伏《ぶ》す。

源くんもシフトが終わったのか、さっさと衣装《いしょう》カバーを手にパーティションの奥《おく》で着替え始めた。ガサゴソした音を聞きつつ、ぼんやりと考える。

今日はお母さんも仕事で帰りが遅《おそ》いって言ってたし、ちょっとくらい門限を過ぎたってバレやしない。帰《かえ》り支度《じたく》を調《ととの》える元気が出たら帰ろう……。

濃《こ》い緑色のTシャツに着替え終えた源くんは、無駄《むだ》のない動作でEバーガーの制服をハンガーラックに片づけた。片手でスマホを操作しながら歩きだし、私に挨拶《あいさつ》の一つもせず、そのまま楽屋を出ていく――のかと思いきや。

くるりと回れ右をして、まっすぐ私を見た。

「守崎《もりさき》、このあと予定ある？」

急にそんなことを訊《き》かれて心臓が跳《は》ねた。

もしかして、落《お》ち込《こ》んでる私を慰《なぐさ》めようとでも……？

私のことを毛嫌《けぎら》いしている源くんにまで心配されるなんて、情けないやら悲しいやら悔《くや》しいやらで、また顔を伏せたくなってくる。

「……予定なんてないけど。お気遣《きづか》いは――」

「萌夏《もか》さんがお前も誘《さそ》えって。これからみんなで花火すんだけど来る？」

十代二十代のプレイヤー中心に集まって、千葉みなとの近くで花火をするのだという。

門限を積極的に破るなんていつもだったら気が引けるけど、お母さんの帰りも遅いし、やけっぱちな気分も相まって私は参加することにした。

源くんにEバーガーの制服から着替えるのを待っててもらい、一緒《いっしょ》に店の裏口から外に出ると今日はオフだった萌夏さんが待っていた。襟元《えりもと》の大きく開いたトップスにショートパンツと、あいかわらず涼《すず》しそうな私服だ。長い髪《かみ》は頭の高いところで結《ゆ》っている。

「優芽ちゃん、家の門限はよかったの?」

そういえば、萌夏さんには門限について話したことがあるんだった。

「今日はお母さん、仕事で遅いんで大丈夫《だいじょうぶ》です」

「門限破るなんて不良だなー」

萌夏さんに腕《うで》に絡《から》みつかれ、頭をくしゃくしゃされたりとじゃれていたら少し気持ちが軽くなった。

こうして三人で百円ショップやコンビニなどを回り、花火のセットにバケツ、ゴミ袋《ぶくろ》、おにぎりなんかを買い込んで、たらたら千葉みなとを目指した。

JR京葉線《けいようせん》の駅と千葉都市モノレールの終点駅がある千葉みなとまでは、京成千葉中央駅《けいせいちばちゅうおうえき》から二キロほどの距離《きょり》。萌夏さんは買った品をことごとく源くんに持たせ、私たちを先導するようにサンダルを鳴らして歩きだす。

萌夏さんとこんな風に歩くの、そういえば千葉城デート以来。

あのときはすごく落ち込んでて悲しそうだった萌夏さんも、その翌日には元気にお店に復活した。修吾《しゅうご》さんが言っていたとおり、萌夏さんはすごくタフだった。

「花火って、ポートタワーの公園でやるんですか?」

千葉みなと駅から徒歩十分ほどの場所に、千葉港《ちばこう》に面した公園がある。公園には、最上階に展望台もあるハーフミラーのタワー、千葉ポートタワーがあって、私も何度か上ったことがある。

「ううん、近くの別の公園。でもせっかくだし、少し海見てから行く?」

店を出た午後六時頃《ごろ》はまだ日が出ていたけど、買いものをしたり二キロほどの道のりを歩いたりしているうちに日が傾《かたむ》き、公園に着いたときにはすっかり東の空は夜の色になっていた。

緑豊かな公園の中、アスファルトの道沿いに立った街灯が一定間隔《いっていかんかく》で白い光を落とす。街灯のない一角は鬱蒼《うっそう》とした木々が生《お》い茂《しげ》り、湿度《しつど》の高い温《ぬる》い空気は潮の香《かお》りが強い。慣れない夜遊びにドキドキしながら歩いていくうちに、ふいに視界が開けた。

何もない深くて吸い込まれそうな夏の夜空。離《はな》れたところにある明るい光は海辺のコンビナートだろうか。そして、寄せては返す波の音。

海は黒かった。

初めて見る夜の海に、頭の奥の方が痺《しび》れるような、そんな感覚になって息を呑《の》む。吸い込まれそうな深くて濃い夜の色。でもその表面はコンビナートの光を鋭《するど》く強く反射していて、夏のべたついた空気も忘れてにわかに鳥肌《とりはだ》が立った。

すごく綺麗《きれい》だ。

それから三人で来た道を戻り、花火ができる公園に移動した。

「――萌夏！」

公園の入口近くのベンチに座っていた梨花《りか》さんが手をふっていた。ストンとしたラインのワンピースを着ている梨花さんの隣《となり》には、ハーフパンツに黒っぽいTシャツ姿の修吾さんもいる。

二人が並んでいるのを初めて見た。やっぱりお似合い。

「お待たせー」と萌夏さんがそちらの方に近づいた。

修吾さんがベンチから立ち上がり、「そっちも花火買った？」と訊く。

「ここにありますよ」

道中、おしゃべりする私と萌夏さんの後ろを黙《だま》ってついてきていた源くんが久しぶりに口を開いた。修吾さんは源くんから花火を受け取ると、早速《さっそく》公園の奥の方に持っていく。

萌夏さんは梨花さんと何か立ち話をしていて、明るい笑い声を立てた。それに交ざってもよかったけど、源くんが修吾さんについていったのを見て私はそちらを追いかけた。

石の階段を下りると街灯の少ない広場に出て、足元に気をつけながらそろそろ歩く。修吾さんが花火を掲《かか》げると、近くに散らばっていた人影《ひとかげ》が集まってきた。

ちらほらと見知った顔があり、「あ、優芽ちゃんだ」なんて声をかけられ、ちょっとドキドキしつつ小さく頭を下げる。

接客中の演技はだいぶ板についてきたけど、もともとの人見知りはそんなに改善されてないのかも……。

働き始めてもうすぐ一ヵ月。まったく顔を見たことがないって人はいないけど、夜のシフトが中心の人だと、あまり話したことがない。

源くんは私のことなんて知っちゃいないって感じで誰《だれ》かのところに行ってしまい、萌夏さんたちはまだこっちに来ない。そして私はというと、一人学校の制服姿。

たちまち場違《ばちが》いな感じがして居場所を見つけられないでいると、ふいに背後から軽く肩《かた》を叩《たた》かれた。

「優芽ちゃんも来たんだ」

すぐそばでにっこり笑っているのは隼人さんだった。白っぽい半袖《はんそで》の襟《えり》つきシャツを着ている。

……前だったら、ホッとしたり癒《い》やされるーって、思ったりしただろうに。

青江さんに聞いた話が脳裏《のうり》をチラついて複雑な気分。なんとか作った笑《え》みを返しておいた。

微妙《びみょう》な間が生まれてしまい、漂《ただよ》いそうな気まずさをごまかして話しかける。

「こういう風にみんなで遊んだりって、よくあるんですか？」

「よくってほどでもないけど、たまに？　くらいかな。店に長い連中で集まったりとかはよくあるけど」

隼人さんはリーダーもやってるし、高校時代からバイトをしていたって前に聞いたことがある。

演劇をやるのにお金を稼《かせ》ぎたかったって話だけど、進学校で演劇部に所属しながらよくバイトまでしてたなぁって思う。

「修吾さんが一人暮らししてるから、部屋がたまり場になってるんだ」

「なんか楽しそうですね」

隼人さんとそんな風に話していたら、「隼人ー、優芽ちゃーん」って修吾さんに呼ばれた。

早速花火を開封《かいふう》しているようだ。

「行こう」って笑顔で促《うなが》してくれた隼人さんはやっぱり爽《さわ》やかで、私の知ってる隼人さんそのままで――

そりゃそうだ。

青江さんに聞いた話は、私の知らなかった隼人さんの一面の話なんだし。

〝ミルク二個〟さんのことを思い出す。

これも、人には色んな顔があるってことなのかも。

手持ちの花火なんていつぶりかわからなかった。渡《わた》された花火をロウソクの火に近づけると、シュー ッと音を立てて七色の光が吹き出す。

集まったプレイヤーは十人ほど。花火をしたりおしゃべりをしたり、ハタチを越《こ》えている面々はすみっこでアルコールらしき缶《かん》を傾けていたりしてみんな自由。

花火を楽しんでいるうちに居心地《いごこち》の悪さも気まずさも薄《うす》れてく。私も好きに楽しもう。

お菓子《かし》をもらったりしながら花火をし、やがて線香《せんこう》花火を手に入れた私は一人すみの方に移動した。粘土《ねんど》をこねて途中《とちゅう》で放置したような形をした黒いオブジェの陰《かげ》で線香花火をやろうと思っていたら、そばに先客の姿がある。

私は少し迷いつつも、そっと訊いた。

「……花火、やらないの？」

花壇《かだん》の縁石《えんせき》の上であぐらをかいてぼうっとしていたのは源くんだ。誰かがテイクアウトしてきたのか、EバーガーのMサイズのフライドポテトをちまちまと摘《つ》まんでいる。

「大人数でわいわいやるのとか得意じゃない」

私に塩対応なのはともかく、源くんは仕事ができるし、それなりに店になじんでるんだと思ってた。

ちょっと意外でじっとその顔を見ていたら、露骨《ろこつ》に目を細められる。

「なんだよ」

「なんでもないです」

私は片手でスカートを押《お》さえながらオブジェの陰にしゃがみ、パチパチ弾《はじ》ける線香花火を見つめた。けど火の玉は早々にポトリと落ちて光を失い、この暗さじゃもう砂と区別がつかない。

わいわいしているみんなを遠巻きに眺《なが》めつつ、すぐそばの源くんの存在を意識する。

落ち着かないものを感じつつ、ポツリと呟《つぶや》いた。

「……知ってたなら、教えてくれてもよかったのに」

何を、とはあえて明言しなかったけど、当然ながら源くんには通じた。

「俺《おれ》がそんなお節介《せっかい》する理由ないし」

「そりゃそうだけど……」

もやもやするし、言いたい文句は山ほどある。けど確かにそれを源くんにぶつける道理はなくて、なんだかそれが寂《さび》しいような切ないような気持ちになって私は黙った。

終業式のあの日、千葉駅で隼人さんを見つけてあとをつけた私はなんだったのか。

お母さんに嘘《うそ》をついてまでバイトを始めたのに……。

ふいにスカートのポケットに入れていたスマホが震《ふる》え、取り出すと私の顔の周りだけパッと明るくなった。

お母さんからメッセだ。

『今どこにいるの？』

あれって思ってから、スマホのディスプレイの右上に表示されている時刻を確認《かくにん》した。

もうすぐ午後八時。

お母さんが家に帰るの、夜十時くらいになるって聞いてたのに……。

私がメッセを見て既読《きどく》になったのを確認したらしい、今度は着信があった。

「やばっ……」

光って振動《しんどう》を続けるスマホを手のひらの上に載《の》せたまま、立ち上がっておろおろしていたら源くんに声をかけられた。

「どうかした？」

「お、お母さんから電話で……」

うちのお母さんのことを知らない源くんはきょとんとした顔になり、「電話なら出れば？」って軽く言ってくる。

「出るけど……出るけど、ちょっとヤバくて」

「何が？」

「門限破ってここにいるし……」

お母さんの帰りが遅くなる予定だからここに来ることにした、って事情は源くんもわかってるはず。

「そんなの、サクッと謝《あやま》っとけよ」

「で、でも、お母さんにアルバイトしてるって、まだ話せてなくて……なんて説明したらいいと思う？」

「話せてない？」

「いつも制服着てるのも、実は部活とか文化祭の準備で学校に行ってるってことにしてて」

「部活やってんの？」

「やってない……文化祭でクラスの係になってるのは本当だけど……」

源くんに説明している間もスマホはブルブルし続け、しまいには冷《ひ》や汗《あせ》が浮《う》かんでくる。

でも、ここで着信に出なかったら悪い事態にしかならないのも目に見えている。

ゴクリと唾《つば》を飲んで覚悟《かくご》を決め、震える指先で通話ボタンをタップした。

『こんな時間までどこで何やってるの⁉』

いきなりの怒声《どせい》に足の先から頭のてっぺんまで縮み上がる。

「ごめんなさい！　お母さん、もしかしてもう家にいるの……？」

『仕事が早く終わったの！　そんなことより、あんたどこに――』

色々と訊かれているのはわかるのに、スマホをぎゅっと握《にぎ》ったまま何も言えなくなる。

こんな状態でアルバイトのことがバレたら、きっと辞めろって言われちゃう。

どうしよう……。

そんな風に固まっていた、そのときだった。

突然《とつぜん》、上からスマホを抜《ぬ》き取《と》られた。

「急にお電話代わってすみません。自分、作草部《さくさべ》高校一年の源拓真《たくま》っていいます」

いつの間にか立ち上がった源くんが、なぜか私のスマホでしゃべってる。

私はスマホを耳に当てていたときのままの格好で硬直《こうちょく》しつつ、そんな源くんを凝視《ぎょうし》する。

この人、何してんの？

「……はい、そうです。すみません。文化祭の準備が長引いてしまって、お母さんの帰りも遅いと聞いていたので、つい守崎さんを引き留めてしまいました」

源くんはすらすらと淀《よど》みなく話し、それからこう続けた。

「守崎さんは責任を持って家まで送り届けます。大変申し訳ありませんでした」

源くんは静かに嘆息《たんそく》すると、ほら、と私にスマホを返してくる。

なんだか状況《じょうきょう》が呑み込めないままだったけど、そっとそれを耳に押《お》し当《あ》てた。

「もしもし……？」

『話はわかったから。とにかく、今すぐ帰ってきなさい。いい？』

お母さんの声はさっきより落ち着いていて、ようやく源くんがお母さんをなだめてくれたことに気がついた。

「はい……ごめんなさい」

そうして通話を切り、そっと源くんの方を見た。源くんはそそくさと荷物をまとめている。

「あの、ありがとう」

「ぼさっとすんな。帰るんだろ」

「あ、うん、はい、帰ります……」

源くんはさっさと私に背を向けて公園の出口の方に歩きだす。私は手にしたままだった線香花火を水の入ったバケツに捨てに行き、走って源くんを追いかけた。

石の階段を上がった所で、源くんと萌夏さんがしゃべってた。萌夏さんは私に気づくと慌《あわ》てて駆《か》けてくる。

「お母さんにバレちゃったんだって？」

「あ、はい」

「ごめんね、あたしが誘ったから」

——こっちこそごめんね！　優芽ちゃんち、お母さん厳しいんだったね。

終業式の日、カラオケに誘ってくれた深田《ふかだ》さんにそんな風に謝らせてしまったことを思い出し、心臓を摑《つか》まれたように感じた。

……これじゃ、なんにも変わってない。

結局、学校と同じ。

萌夏さんに謝らせたいわけじゃないのに——

「ここに来るって決めたのは守崎だろ」

嘆息交じりに、呆《あき》れた口調で言ったのは源くんだった。

「なら、守崎の責任だ」

それを聞いた萌夏さんは、「拓真は厳しいなー」って小さく笑う。

源くんは確かに厳しい。

だけど、そのおかげでちょっとだけ気持ちが軽くなった。

「萌夏さん」

「ん？」

「今日のことは私の責任なので、だからその、気にしないでください。あと……また、遊んでください」

「うん、わかった」

萌夏さんがニカッと笑ってくれて、心の底からホッとした。

それから小さく息を吸って、私は仕事仲間たちに声をかけた。

「――お先に失礼します！」

自分の声が夜の公園に響《ひび》いた。

ちょっと恥《は》ずかしかったかなって思ったけど、あちこちから「おつかれー」って声をかけられて、ほんの少し、ほっぺたが熱くなる。


千葉みなと駅から、千葉都市モノレールに乗り込んだ。二両編成の車両はとても空《す》いていて、私と源くんはシートに横並びに座る。

「……駅まででよかったのに」

夜の千葉みなとの街は、人通りも車通りも少なく閑散《かんさん》としていて寂しい感じだった。なので駅まで送ってくれてホッとしたけど、まさか本当に家まで送るつもりだったとは思ってもみなかった。

「お前の母親に送るって言っただろ」

「そんなの、どうにでもごまかせるよ」

私の最寄《もよ》り駅《えき》は、JRと千葉都市モノレールの駅がある都賀駅《つがえき》。源くんの最寄り駅であるJR四街道駅《よつかいどうえき》の隣駅なので、方向は一緒ではあるけど。

「そうやって色んなものごまかすから嘘つくハメになるんだろ」

心当たりがありすぎて何も返せず、私は背後を流れる車窓の景色に目を逸《そ》らした。

千葉都市モノレールは全国でも珍《めずら》しいという懸垂型《けんすいがた》モノレール。車両はレールの下にぶら下がり、建物の間をすいすいと縫《ぬ》うように進んでく。この時間だと千葉の夜景が眼下に広がり、車両の下の道路を車の白いライトと赤いテールランプが往来する。

いつの間にか夢中になって窓の外を見ていたら、源くんに鼻で笑われた。

「電車の窓にはりつくガキみたいだな」

ちょっと恥ずかしくなり、私は姿勢を正して座り直した。

モノレールはすぐに千葉駅に到着《とうちゃく》し、千城台《ちしろだい》行きの別の列車に乗《の》り換《か》える。こちらも空いていて並んで座ったけど、源くんには楽しく会話をしようなんて気はないみたいで、すぐにスマホをいじり始めた。

その横顔をチラと見つつ、しょうがないので私もスマホをいじる。右隣に座っている源くんに近い、右半身だけがなんだかそわそわして落ち着かない。

塩対応だけど。

すぐバカにしてくるけど。

嫌《いや》みばっかり言われるけど。

それでも源くんは悪い人じゃないし、面倒見《めんどうみ》がいい人なんだなって再認識《さいにんしき》した。

仕事のトレーニングだって、なんだかんだいっても教え方は丁寧《ていねい》だし。

これで、もう少し仲よくしてくれればいいんだけどなぁ……。

そんなことを考えているうちに都賀駅に到着した。

さっさと列車を降りて階段を下りていく源くんを追いかけ、一ヵ所しかない改札を出たところでようやく追いつく。

「早く家まで案内しろ」

そう私に顎《あご》をしゃくる源くんに、私は手にしたままだったスマホを見せた。

「一つ、お願いがあるんだけど」

「何?」

「メッセのＩＤ、教えてください」

私の言葉に、源くんは首を傾《かし》げた。

「なんで今？」

「え、その、萌夏さんとか青江さんとかみんなとは交換《こうかん》したのに、源くんだけしてなかったなって、急に思い出して……」

源くんはその切れ長の目を少しだけ細めて私を見下ろしてきた。

「お前、これからもバイト続ける気あるの？」

突然の質問の意図はわからなかったけど、黙って頷《うなず》いておいた。

「……あっそ」

やっぱり交換してくれないのかと思ったけど、予想外に源くんはスマホを取り出し、ＩＤを交換してくれた。


都賀駅から私の家までは徒歩十分。駐輪場《ちゅうりんじょう》に停《と》めていた自転車を回収したあと、源くんは本当に家まで送ってくれて、おまけにうちのお母さんの説教まで受けてくれた。

「今後こういうことがないよう、気をつけます」

丁寧に、真摯《しんし》な態度で頭を下げる源くんにはあまりに申し訳なく、でもなぜかその姿に息苦しくなるような、胸を摑まれたような気持ちにもなった。

そんな源くんにお母さんの態度も軟化《なんか》し、最後は駅まで車で送ると申し出たが、源くんはそれを丁重《ていちょう》に断って一人帰っていった。

「一緒にいたのがまともそうな子で、まだよかったわ」

お母さんはそんな風に嘆息し、その後の私への説教まで免除《めんじょ》された。

次に会ったとき、どんな風にお礼を言ったらいいんだろう……。

そして気がつけば、隼人さんの話を聞いて受けたショックなんて、もうすっかりどこかに行っちゃってる。

玄関先《げんかんさき》で頭を下げる源くんの姿ばかりが思い出されてしょうがない。


♪♪♪


そうして花火の日から二日後。

久しぶりに、私は制服を着て学校へ向かった。

今日は、八月に一日だけある登校日。

約一ヵ月ぶりに教室に集まったクラスメイトたちは、口々に夏の思い出を披露《ひろう》し、日焼けした顔で笑い合う。

……やっぱり私はアウェイだ。

でも、そこまでヘコみもしなかった。私は私でそれなりに予定もイベントもあったという、余裕《よゆう》のせいかもしれない。

「おはよう、優芽ちゃん」

自席にいたら深田さんに挨拶され、「おはよう」って返したら細長い包みを差し出された。

「これ、家族で旅行に行ったからお土産《みやげ》」

包みの中身は、キラキラしたビーズの飾《かざ》りがついたボールペンだった。

私なんかにお土産を買ってきてくれる深田さんの優《やさ》しさに感激しつつ、「ありがとう」って心からの感謝を伝える。

「どこに行ったの？」

「家族でハワイ」

「海外旅行、すごいね」

「でも、ハワイなら日本語通じるし――……」

気がつけば、つっかえることなく会話が続いてた。

なんだか、前よりも話すのがすごく楽。

「優芽ちゃんはどこかに行ったりした？」

「全然。でも、アルバイト始めたよ」

「え、そうなんだ！　何やってんの？」

「Eバーガー」

私はふと思い出し、お財布《さいふ》に入れていたクーポンを渡した。パイナップルシェイクの無料優待券だ。面談のとき、余ってるからって諏訪《すわ》店長がくれたもの。

「お土産のお礼に」

「いいの？　ありがとう！」

深田さんが花開くように笑ってくれて、私も嬉《うれ》しい。

「優芽ちゃん、接客もするの？　すごいね、大変そう」

そんな話をしていたら予鈴《よれい》が鳴って、深田さんは自分の席に戻っていった。

私はもらったばかりのボールペンを、そっと両手で握りしめる。

……自然な会話だった、ような気がする。

前は会話を続けなきゃ、気を遣《つか》わせないようにしなきゃって、そんなことばかり考えてて、会話を楽しむ余裕なんてなかった。

でもなぜか今日は、何も考えずに言葉が出てくる。

特別にがんばらなきゃって気負ってたわけじゃない。だからこそ、自然にふる舞《ま》えた自分に驚《おどろ》いた。

アルバイトを始めて、プレイヤー仲間がたくさんできたり、接客するようになったりしたおかげかも。

体育館での全校集会ののち、教室に戻ってロングホームルームが行われ、登校日に予定されていたイベントはすべて終了した。

そして、部活動がある者はさっさと教室を出ていき、私みたいな帰宅部組が残される。

こうして各々《おのおの》持参してきたお弁当を手に輪になって、文化祭の打ち合わせが始まった。

うちのクラスの出しものは、ベタだけど女装・男装喫茶《きっさ》。ドリンクとパンケーキなどの軽食を出す予定だ。

アルバイトを始めてすぐの頃、「いらっしゃいませ、こんにちは」の挨拶を家でしていたとき、お母さんに「文化祭でクラスで喫茶店をやる」って説明したのは嘘じゃないのだ。

私も文化祭の実行部隊にカウントされているものの、何かとアウェイだし、中心となって色んな準備を進めている子はもちろんほかにいる。十人ばかり、男女交えて輪になってお弁当を食べつつ、私はその子たちが作ってきたというレイアウトイメージを遠巻きに眺めていた。

「特に意見がなければこんな感じで進めたいと思うんだけど……」

という声に、深田さんが「はい」って手を挙げた。

「優芽ちゃん、何か気づいたこととかない？」

「え、私？」

みんなの目が一斉《いっせい》にこちらに向いて、突然のことに私は箸《はし》で摘まんでいた赤いパプリカをお弁当に落とした。

「優芽ちゃん、夏休みにEバーガーのアルバイト始めたんだって。飲食店のこと、詳《くわ》しいかなって思って」

「ファストフード店だし、喫茶店とはその、ちょっと違《ちが》うと思うけど……」

謙遜《けんそん》したけど、レイアウト図が回ってきたので渋々《しぶしぶ》受け取る。

教室の三分の二ほどのスペースが机や椅子を配した客席、残り三分の一がキッチンスペース。

特に問題なさそうって思ったけど、ドリンクエリアの位置だけ気になった。

「これ、逆の方がいいかも」

レイアウト図では、パーティションで区切ったキッチンスペースの奥がドリンクエリア、入口近くがホットプレートや電子レンジを置く予定の調理エリアになっている。

「壁際《かべぎわ》に冷蔵庫置くから、その近くがいいかなと思ったんだけど……」

「それなら、調理エリアとドリンクエリアのまん中辺りに冷蔵庫を置くのはどうかな？」

私はレイアウト図の該当個所《がいとうかしょ》を指差しつつ説明した。

「ドリンクの方が料理よりもオーダーの頻度《ひんど》が高いと思うし、用意するのも簡単だから入口近くにあった方が動線的にもいいのかなって。出入りが多いと調理する人の邪魔《じゃま》にもなるし……って、思ったんだけど」

みんなの視線に気づき、たちまち頬《ほお》が熱くなる。

調子に乗って、しゃべりすぎたかも。

偉《えら》そうなことを言ったけど、単にEバーガーのお店の造りを思い出しただけだし。

それでもみんなは、「なるほど」って素直《すなお》に感心してくれた。

「守崎さん、ほかにも何か気づいたら教えてね」

私は首を縦にふる。

いつの間にか、アウェイな空気は薄れてた。


レイアウトやメニュー、準備が必要な機器の確認などをして、今日の文化祭の打ち合わせは終了となった。本格的な準備は二学期に入ってからだという。

アルバイトのシフトとうまく都合をつけて準備もやらせてもらおう、と頭の片すみにメモしておく。

そして深田さんをはじめとした女子数人で教室の片づけをしていたら、ふいにこんなことを訊かれた。

「Eバーガーのバイトってどう？　他校の人とか、大学生とかと知り合ったりした？」

「うん。高校生も大学生もいるし、あとはフリーターとか主婦とか、外国の人も。あ、二組の源くんも同じ店にいるよ」

同じ学校だし知ってる人がいるかもと思い、源くんの名前を出してみた。

すると、予想外に深田さんがそれに喰《く》いつく。

「へぇ、拓真くんと一緒なんだ」

思わぬ名前呼びにちょっとドキリとしてしまった。お店だと私以外はみんな名前で呼んでるし、別におかしなことじゃないのに。

知り合いなのかな……。

すると、今度は別の子が声を上げた。

「いーなー。出会いありそう。Eバーガーってカップル多いって言うよね」

それは初耳。

とはいえ、実際問題、修吾さんと梨花さん以外の店内カップルもいくつかあるような話は青江さんからチラと聞いた。

数年おきに異動がある正社員の諏訪店長よりも、京成千葉中央駅前店での勤務歴が長い青江さんは店の主《ぬし》で情報屋だ。

「カッコいい人とかいないの？」

また別の子に訊かれ、私はよくシフトがかぶる店の男性陣《だんせいじん》の顔を思い出す。

諏訪店長、修吾さん、源くん。

それと、隼人さん。

「いなくはないけど……」

優しくて演劇に熱心な大学生の人がいるって話をするなり、興味津々《きょうみしんしん》といった感じで先を促された。

「でも、実は女グセが悪くて、店に元カノが何人もいるらしい」

うわーっていうみんなの声が重なった。

「それ、ちょっとショックだね。優しくしてくれただけに！」

「そうなんだよねー。マジかーって気分というか……」

「好きだったならなおさらだよね」

……好き？

つい目をパチクリとさせてしまい、そんな私の顔を見てみんなもきょとんとした。

「違うの？」

「その、好きか嫌いかで言ったら好きではあるけど……」

――隼人さんのこと好きなの？

以前、源くんに投げかけられた質問を思い出す。

あのとき、言い当てられてギョッとしたっていうよりは、そんなこと考えてもみなかったって驚きの方が強かった。

隼人さんには憧れてた。演劇に対する情熱とか姿勢とか、すごいなって思ってた。

でもそれって、Ｌｏｖｅではないような。

中一の頃、同じクラスだった男の子を好きになったことがある。

その男の子は中一の夏に転校しちゃったし、私は告ることもできず見ていただけだったけど。それでも、あのときのドキドキを隼人さんに感じるかっていうと、ちょっと種類が違う。

Ｌｉｋｅとか、Ｒｅｓｐｅｃｔならしっくりくるかも。憧れ。尊敬。あと、優しいお兄さん、みたいな感じ。

だからこそ、ダメな一面を教えられてひどくショックを受けたし、がっかりもした。

ちょっとだけ、頭の中がすっきりしてクリアになった。最近のもやもやしていた気持ちや考えを、ようやく整理できた気がする。

人には色んな一面がある。隼人さんだってそう。女グセが悪いって話だけど、優しくて、演劇に熱心な一面が嘘だったわけじゃない。

それに、私もＬｏｖｅってわけじゃないし。

……だったら別に、そんなにショックを受ける必要ないかも。

「なんか、話したらスッキリした！」

そう笑ったらみんなも笑ってくれた。

そのあとも話題は尽《つ》きず、私たちはそのまましばらく教室に残っておしゃべりに花を咲《さ》かせていた。


♪♪♪


そして、登校日からさらに数日。

いつもの時間にお店に行くと、楽屋で源くんと顔を合わせた。

源くんは朝九時から店に入ることが多いけど、今日は少し遅いシフトだったらしい。

「おはようございます」

挨拶をすると、すぐさま「おはようございます」って素っ気ない口調で返された。あいかわらずの塩対応。もうEバーガーの制服に着替え終え、九月からの新商品の資料を読んでいる。

楽屋の入口に立ってそんな源くんを見ていると、その顔がこっちを向いた。

「何？」

私は気をつけの姿勢になって、ペコッと頭を下げる。

「この間は、ありがとう」

本当はお礼に菓子折《かしおり》でも渡したいくらいだったけど、イヤな顔をされるだろうなって予想できたのでやめた。

「どうせ帰り道だったし」

「でも、うちのお母さんの説教まで受けさせちゃったし……すごく、助かりました」

素直にお礼を伝えると、源くんはじっとこちらを見つめて訊いてきた。

「お前、これからもバイト続けるの？」

この間と同じ質問だ。

「続けるつもり、だけど……」

もしや、私がいると迷惑《めいわく》だって遠回しに言われてる？

ちょっとヘコみそうになったけど、源くんは予想外の質問をしてくる。

「隼人さんのこと、いいわけ？」

「え？」

「だってお前、隼人さん目当てでバイト始めたんだろ。この間の話聞いて、ショック受けたんじゃねーの？」

それから、源くんは静かにため息をつくと、少し声を潜《ひそ》めて続けた。

「隼人さん絡みで、何人も店辞めてるんだよなぁ……」

もしかして。

私はどうせ隼人さん目当てだから、そのうち店を辞めるって、ずっとそんな風に思ってた……？

「前にも言ったけど、私、隼人さんのことは好きとかじゃないよ」

「じゃ、なんであんなにショック受けてたんだよ」

「それはその、憧れてたし、尊敬？　みたいにも思ってたから。いきなり女グセが悪いって聞かされたら、そりゃショックだよ。でも別に、Ｌｏｖｅじゃないし……」

小さく深呼吸し、私は言葉を続けた。

「せっかく源くんが色々教えてくれて、色々できるようになったのに、辞めたらもったいないじゃん。だからお店、辞めたりしないよ」

私が何を言っても関係ないって感じかもしれない。

それでも少しでも理解してほしくて、まっすぐに源くんの目を見つめて宣言した。

源くんのおかげでアルバイトを辞めずに済んでいる。それなら、もっと色んなことができるようになって、仕事で返したかった。

源くんはすぐには応えず、なんだか微妙な空気になる。もどかしいようなじれったいような、そんな気持ちでいたら。

「お前レベルができるようになったことなんて、まだ少ししかないだろ」

いきなりのダメ出しだ。

でもその声にはいつものトゲが少なく感じて、私は頷いてから返した。

「まだ少しだよ。だけど、続ければもっと色んなことができるようになると思うから。それに、そしたらその……少しは、変われるかもしれないし」

源くんは私の視線に負けることなく見返してくると、「あっそ」といつもの口調で応えた。

そして、見ていた資料に目を戻す。

少しは私が言いたいこと、伝わったのかな。

あわよくば塩対応がちょっとはマシになればいいなって思ったけど、それを今望むのは贅《ぜい》沢《たく》ってものか……。

これ以上言えることもないし、私も荷物を置いて自分の衣装をハンガーラックから外した。

隼人さんのことがなくても、結局、源くんは私には塩対応なのかも。

悔しいというか寂しいというか、私としてはかなりがんばって思ってることを伝えたのに。

不完全燃焼《ふかんぜんねんしょう》……。

「――そういうことなら」

ふいにかけられた言葉にふり返ると、源くんがこっちを見てた。

「ま、がんばれよ」

いつもの素っ気ない口調ではある。

でもその顔には、あまり見たことのない、柔《やわ》らかい笑みがわずかに浮かんでた。

……ちょっとこれは、反則では。

不覚にもドキッとしちゃって、じわりと耳の先まで熱くなる。

いつも仏頂面《ぶっちょうづら》で塩対応の源くんなのに。

急に自分の心臓の音が大きくなったような気がして慌ててしまった。私はパッと源くんに背中を向け、そそくさと着替《きが》え用《よう》のパーティションの陰に身を潜める。

そっと、静かに、深呼吸。

なのに気持ちは全然落ち着かない。

ここにいれば、もう源くんからは見えないってわかってるのに。その存在を急に意識させられて、なかなか着替えを始められなかった。

その日の帰り、私は千葉駅に向かう途中でATMに立ち寄ると、家から持ってきていた預金通帳に記帳をした。

ATMの機械から吐《は》き出《だ》された通帳のページには、『Eバーガー』って印字された一行が増えている。

振《ふ》り込《こ》まれた金額は、三万五百円。

七月の勤務時間×《かける》研修期間中の時給九百五十円という、私の初任給だ。

毎月二十五日はお給料日。「ちゃんとお給料が振り込まれてるか確認したら？」って青江さんにアドバイスされて、ドキドキしながら通帳を持ってきたのだけど。

通帳を持った手が震える。

お金をもらえるっていうことは、私がやったことがちゃんと仕事として認められてるってこと。

夏休みになるまで、何もできないって諦《あきら》めてたのが嘘みたい。

私にもできることがあった。

そしてきっと、続けていけば、できることはもっと増やしていける。

そのうち、源くんも認めてくれたらいいな。

手にしていた通帳を両手で抱《だ》きしめた。後ろに並んでいる人に気がついてささっと機械の前からどいたけど、その足すらなんだかふわふわする。

胸《むね》の奥《おく》が熱くなる。セミの声がする夏の夕方の空気の中、私は駆けるように千葉駅を目指した。


♪♪♪


そんなお給料日の翌日、あと五日で夏休みもおしまいって日のことだった。

ノープラン・ノーイベントの夏休みだったはずが、あっという間だったなぁ、なんてしみじみしていた私は、ある大事なことをすっかりあと回しにしたまま、あれやこれやにかまけて忘れてしまっていた。

その日、アルバイトから帰宅すると、お母さんがリビングのソファに座っていた。

そういえば、今日は出先から直帰するって言ってたっけ。

「ただいま」って声をかけるも、こっちに向けられた顔はなんだか険しく、返事もない。

「何かあったの……？」

不穏《ふおん》な空気に少し身がまえて声をかけた直後、お母さんはリビングのテーブルの上に置いてあった何かを手に取って立ち上がり、私の鼻先にそれをずいと突《つ》きつけた。

「どういうこと？」

「へ？」

きょとんとした私は、目の前に突きつけられたものがなんだかわかり、事態を察して青くなった。

預金通帳。

昨日はお給料の振り込みが嬉しくて、通帳や判子をしまっている引き出しに戻すのも忘れ、自分の部屋の机の上に置きっ放しにしちゃってた。

「部屋の掃除《そうじ》してて見つけたんだけど」

お母さんは通帳を開いて、あるページを見せてくる。

「この『Eバーガー』って振り込みは何？」

何も言えずに口をパクつかせ、血の気を引かせている私にお母さんは畳《たた》みかける。

「ちゃんと説明してもらいますからね、優芽」

……あと回しにしてないで、さっさとカミングアウトしておけばよかった。

自首は大事だ。

6．どうぞ、素敵《すてき》なハーモニーをお楽しみください！

夕飯もそっちのけでお母さんに散々怒《おこ》られ、解放された頃《ころ》には夜の十時を回ってた。

二階の自室にこもって部屋のドアを閉め、力尽《ちからつ》きた私はベッドに倒《たお》れ込《こ》む。息を止めて耳を澄《す》ますと、階下からはまだお母さんとお父さんがやり合っている声が聞こえていた。

……さっさと話せばよかったのかな。

説教の途中《とちゅう》で帰ってきたお父さんがお母さんを取りなそうとしてくれたけど、それがお母さんの怒《いか》りにさらなる油を注いでしまったのは言うまでもない。

でも、いつ話したって結局こうなった気もするし。

サイアクの結末。

バッドエンド。

もうおしまい。

手に握《にぎ》っていたスマホの存在をふいに思い出し、メッセアプリを開いた。

この一ヵ月ちょっとで、私のメッセアプリは友だちがすごく増えた。以前の私だったら、考えられないくらいに色んな人とつながった。

ずらっと並んだたくさんの名前を、するするするするスクロールしていって。

私は通話ボタンをタップした。

じれったいまでの数秒の間ののち、やがて、耳に慣れた低い声が返ってくる。

『……もしもし?』

その声に、目頭《めがしら》が一気に熱くなった。

「源《みなもと》くん……」

その名前を呼んだ瞬間《しゅんかん》、あふれた涙《なみだ》が止まらなくなって嗚咽《おえつ》が漏《も》れる。

咄嗟《とっさ》に私が選んだ名前は、萌夏《もか》さんでも青江《あおえ》さんでも、隼人《はやと》さんでもなく、なぜか源くんだった。

押《お》し殺《ころ》そうと思っても声が出てしまう。ベッドの上に座《すわ》ったまま、身体《からだ》を小さく丸めてスマホを両手で握りしめる。

『なんで泣いてんだよ』

つっけんどんな声。

でもそれに、なぜだかすごくホッとした。

私はまだ、あのお店とつながってる。

「私……その……」

手を伸《の》ばしてティッシュペーパーの箱をたぐり寄せ、目元に当てたけど涙は全然止まらず、うまく言葉も出てこない。

いきなりこんな電話をされても迷惑《めいわく》でしかないだろうし、通話を切られてもしょうがないって思うのに。

『何かあった？』

気遣《きづか》わしげに訊《き》かれ、小さな声で「うん」って答えた。

涙を拭《ふ》いて洟《はな》をかんでぐずぐずしていたら、はぁ、とため息が聞こえてくる。

『聞いてやるから、ちょっと落ち着け』

こうして五分以上ぐずぐず泣きつつ、源くんになんとか現状を話すことができた。

『つまり』と源くんは私の話をまとめる。

『母親にバイトのことがバレたってこと？』

「そう」

『ま、そりゃバレるだろうな』

いかにも他人事《ひとごと》って感じで笑った源くんに、文句を言う気力もない。

「次のシフトのときに一緒《いっしょ》にお店に行って、辞《や》めさせるように言うって……」

お母さんにはシフトをメモしていた手帳も提出させられた。次のシフトはもう完全に把握《はあく》されている。

『次のシフトっていつ？』

「あさって……いつもの、十時半から」

色んな世界が見えてきて、色んなことができるようになって、わくわくしてしょうがない夏休みだったのに。

こんな終わりなんて、ナイにもほどがある。

お母さんとのやり取りを思い出したらまた泣けてきて、鼻をずびずびさせている私に源くんは大きなため息をついた。

『お前、今日はもうさっさと寝《ね》ろよ。そんなんじゃ話になんねーし』

突《つ》き放《はな》すように言われて、「だけど」って返した言葉は遮《さえぎ》られる。

『話なら明日聞いてやる。だから、もう今日は寝ろ』

♪♪♪


そして翌日、源くんは約束を守ってくれた。

午後四時過ぎ、メッセで連絡《れんらく》があったとおり、JR都賀駅《つがえき》の改札に行くと、源くんが現れた。バイト帰りに私の最寄り駅で電車を降りてくれたのだ。

ICカードをタッチして改札をくぐった源くんは、駆《か》け寄《よ》る私に一拍遅《いっぱくおく》れて気がついた。

「わざわざごめんね」

すると、挨拶《あいさつ》もそこそこにこんなことを言われた。

「制服以外の服も着るんだな」

アルバイトはいつも学校の制服で行ってたし、そういえば私服で源くんに会うのって初めてだ。

白と黒のボーダーのチュニックに、七分丈《しちぶたけ》のパンツ。今朝は服を考える余裕《よゆう》すらなかったけど、よくよく見ると子どもっぽかったかも。

なんだか急に恥《は》ずかしくなってほっぺたがじんわり熱くなる。けどそんな私は無視し、源くんは私を顎《あご》で促《うなが》した。

「暑いし、どっか店でも行こうぜ」

こうして二人で駅前のカフェに入った。駅前にはEバーガーもあったけど、冷静でいられなくなるような気がしてカフェの方を選んだ。

源くんはアイスコーヒーを、私はアイスティーをそれぞれ注文し、二人がけの丸いテーブル席で向かい合う。

繁華街《はんかがい》である千葉駅界隈《かいわい》とは異なり、二駅下るだけで人通りは減り、いかにも住宅街って雰《ふん》囲気《いき》になる。そのおかげか店の中は空《す》いていて、ききすぎている冷房《れいぼう》でむき出しの腕《うで》の表面がすぐに冷えた。ホットティーにすればよかったかも。

「で？」

席に着いて透明《とうめい》なプラスチックカップにストローを挿《さ》すなり、源くんは端的《たんてき》に訊いてきた。

私はちょっとだけ姿勢を正し、それからペコリと頭を下げる。

「なんというかその……昨日はお聞き苦しい電話しちゃって、すみませんでした」

私の謝罪に源くんは「まったく」って嘆息《たんそく》し、アイスコーヒーをストローでひと口飲んだ。

「少しは落ち着いたわけ？」

「まぁ……」

「ヒドい顔してるけどな」

なんて笑われちゃって、下ろしていた髪《かみ》で顔を隠《かく》して俯《うつむ》く。

泣きすぎて目蓋《まぶた》はぼってり、ヒドい顔だなんて指摘《してき》されなくても十分わかってるし。

そんな私を黙《だま》って見てから、源くんは本題に触《ふ》れた。

「アルバイトしてるのがバレて、辞めろって言われたんだっけ？」

「そう……」

「守崎《もりさき》はどうしたいんだよ」

まっすぐに投げかけられたその言葉には、すぐに答えられた。

「続けたい。辞めたくない……」

少しは気持ちが落ち着いたと思ってたのに、そう口にするなりじわりと涙が滲《にじ》みかける。

すると。

「こんなとこで泣くようなら俺《おれ》は帰るからな」

などと言われてしまい、慌《あわ》てて上を向いて浮《う》かんだ涙は手《て》の甲《こう》で拭《ぬぐ》っておいた。そんな私に、源くんは今日何度目かのため息をつく。

「辞めたくないなら、そう言えばいいいんじゃねーの？」

「そうかもしれないけど……」

「けど？」

「私の話なんか、聞いてくれないし」

お母さんが私の意見をまともに聞いてくれたことなんて、これまでほとんどなかった。

こうした方が絶対にいいから。

こうしなきゃダメだから。

私の意見は二の次で、お母さんは〝正しい〟ことを言う。

昨日だっていつもと同じ、頭ごなしに怒られて、私の考えなんて訊かれもしなかったし伝えるタイミングすらなかった。

言ったって無駄《むだ》。

逆らったって面倒《めんどう》なだけ。

だから何も考えないで、言われたとおりにいい子ちゃんをやってきた。

やってきたけど。

「――それなら」

源くんの言葉に、「それなら？」と訊き返した。

「諦《あきら》めるしかないんじゃねーの？」

息苦しいまでに胸が痛くなる。

そしてこのときなぜか、コーラの味を思い出した。

萌夏さんにひと口もらった、ペットボトルのコーラ。

お母さんに飲むなって言われてたコーラ。

それでもあのとき、私はコーラの味を知れてよかったって思ったのだ。

世界には、私の知らないことがたくさんある。

思考停止して閉じこもっていた狭《せま》い場所からは見えないものが、たくさんある。

イヤでしょうがなかった自分を、そこでなら変えられるかもって思った。

「……諦めたくない……」

とうとう堪《こら》え切《き》れなくなって、持っていたハンカチで目元を押《お》さえた。

「だから泣くなって」

「泣いてない！」って応えるやいなや、ずびっと洟《はな》をすすっちゃって源くんが嘆息する。

でも、源くんは帰らなかった。

「諦めたくないなら、どうにか説得するしかないだろ」

ハンカチを目に当てたまま、コクッと頷《うなず》く。

「変わりたいとかなんとか、暑苦しいこと言ってただろ」

もう一回頷いた。

「それなら、自分でどうにかするしかないだろ」

ハンカチから目を上げた。

「……私が？」

「ほかに誰《だれ》がいるんだよ」

「それは……そうだけど」

源くんはアイスコーヒーのストローに口をつけると、残りをすべて飲み干した。

「話を聞くくらいしか俺にはできないし。守崎の親のことなんだから、守崎がどうにかするしかないだろ」

その言葉に改めて崖《がけ》っぷちに立たされたような気持ちになって、痛感する。

私、なんにも変わってなかった。

なんだかんだいっても源くんが優《やさ》しいから、ここまで来てくれたから、話を聞いてくれたから。

何かいい解決策を考えてくれたり、あわよくばうちのお母さんに何か言ってくれたりするんじゃないかって、心のどこかで期待しちゃってた。

そんなわけないのに。

源くんが言うとおり、これは私の問題なのに。

話を聞いてくれない、私の意見なんて二の次だって思いながらも、それでも私はお母さんに従ってばかりだった。

その方が、甘《あま》えてた方が楽だから。

変わるっていうのは、つまりはそういうことなのだ。

自分で考えて、自分の足で立つ。

誰かが手を引いてくれるのを待ってちゃダメ。

自分から、自分の足で前に進む。

「……ありがとう」

もう一度ハンカチで目元を拭ってから顔を上げた。

「考えて、みる」

ずずっと洟をすすったらポケットティッシュを差し出され、ありがたく一枚もらった。

洟をかんでいる私を観察するように見つつ、源くんは訊いてくる。

「考えて、どうにかなんの？」

「それはその、まだわかんないけど……」

源くんは思案顔になってから、改めて私に訊いてきた。

「とりあえず、明日、母親と一緒に店に来るんだな？」

「うん」

今朝、お母さんは家を出る直前に、「明日は午前休取ったから」って私に言った。店に乗り込む気満々だ。

でも、店に電話をして今すぐ辞めさせる、って話にならなかったのだけは幸いだったかもしれない。お母さんはそういうところは律儀《りちぎ》で、大事な話をメールや電話で済ませることをひどく嫌《きら》う。

おかげで、源くんとこんな風に話す時間もできた。

「話、聞いてくれてありがとう。その……考えて、がんばってみる」

私が頼《たよ》りない宣言をすると、源くんは睨《にら》むようにすっと目を細めて言ってくる。

「この俺が散々トレーニングしてやったんだ。辞めて全部無駄にするとか許さないからな」

久しぶりに怖《こわ》い顔の源くんを見た。

とはいえ、今は全然怖くないけど。

「うん。ここまで来てくれてありがとう」

一緒に店を出て、駅の改札まで源くんを送って別れた。

帰宅すると午後五時半を過ぎていて、予想外にリビングにお母さんの姿があった。

「……早かったんだね」

いつもより一時間以上早い。仕事、早退してきたのかも。

リビングのソファに座《すわ》ってテレビを観《み》ていたお母さんもなんだか疲《つか》れた顔をしていて、ゆっくりとこっちを見た。

「どこ行ってたの？」

「駅前で友だちと会ってたんだけど……」

「友だちって誰？」

予想外にきつい口調で訊かれ、咄嗟にお母さんも知ってる中学時代の友だちの名前を挙げた。

「……そう」

お母さんはため息をつきつき立ち上がり、キッチンの方へと向かった。源くんと話したおかげか少しだけ勇気が出て、「あのね！」とその背中に声をかける。

「バイトのことなんだけど……」

けどお母さんはこっちを見もせず、エプロンを着けつつ口を開いた。

「辞めるって言いにくいだろうし、明日、お母さんが店長さんにちゃんと言ってあげるから。優芽《ゆめ》、そういうの苦手でしょ」

「でもその、私──」

「お父さんと二人して私に嘘《うそ》つくなんて、本当に信じらんない。どうしてこんな子になっちゃったのかしら……」

こちらを見もせずにかけられたその言葉は、私を黙らせるのに十分だった。

そっとリビングを出て二階の自室に戻《もど》り、昨日と同じようにベッドに横になる。

どこか遠くでセミが鳴いているのが聞こえた。

夏ももうすぐ終わりだ。

しばらくそのままじっとしていたけど、窓を閉めていた部屋は蒸《む》し暑《あつ》く、すぐに我慢《がまん》できなくなって冷房をつけた。

──私ばかりが被害者《ひがいしゃ》、みたいな気分になっちゃってたけど、本当はそんなことないのだ。

お母さんの言うことも一理ある。

現に、さっきも源くんと会ってたのに嘘をついた。

オオカミ少年の話と同じ。数え切れないくらい、たくさん嘘をついたのだ。嘘つきの話なんて、聞いてくれなくても当然だ。

ちょっとだけ前を向いていた気持ちはあっという間に落ちていく。

……別に、お母さんのことが嫌いなわけじゃない。

萌夏さんが言うように、基本的にはいいお母さんなのだ。

毎日お弁当を作ってくれて、受験のことも学校のことも、自分のことのように考えてくれる。

ただ、ほんのちょっとでいい。

私の気持ちも尊重してほしかった。

考えてることを知ってほしかった。

やりたいことを知ってほしかった。

それだけなのに。

――セミの声とともに、じわじわと時間が過ぎていく。

変わりたい。

変えたい。

――守崎がどうにかするしかないだろ。

そして、私にできることなんて、そんなに多くないって気がついた。


♪♪♪

翌日の朝食の席は、いつにない緊張《きんちょう》が漂《ただよ》うものだった。

会話はほとんどなく、いつもは渡《わた》されるお弁当もなかった。私が食器洗いをしているとお母さんが化粧《けしょう》をしに自分の部屋へ戻り、それを見てお父さんがキッチンカウンター越《ご》しに声をかけてきた。

「ごめんなぁ。お母さん、止められなくて」

私のために、お父さんが昨日も一昨日《おととい》もお母さんとやり合ったのは知っている。私は小さく首を横にふった。

「いいよ、別に。お母さんに早く話さなかった私が悪いし」

「もう高校生なんだし、バイトくらい、いいと思うんだけどな」

お母さんが階段を下りてくる足音が聞こえ、お父さんは口をつぐんでキッチンカウンターから離《はな》れた。クールビズのポロシャツ姿。いつもはお母さんと一緒に家を出るところだけど、今日は一人だ。

「行ってきまーす」といつもの緩《ゆる》い雰囲気でお父さんは家を出ていき、お母さんは準備万端《じゅんびばんたん》って感じでリビングに戻ってくる。

「三十分後に出るからね」

有無《うむ》を言わせぬ口調に頷いて返し、私は食器洗いを終えた。

洗面所に行って髪を整え、全身をチェックする。学校に行くって嘘をつく必要もないし私服でもよかったけど、結局、服を決められなくて今日も制服姿だ。

まぁでも、いつもと同じ格好の方が、多分、いい。

そうしてお母さんと一緒に家を出て、電車で二駅、千葉駅に到着《とうちゃく》した。

ピリピリした空気にここまで会話はまったくなし。イヤでも緊張させられる。

いつもと同じように改札を出てエスカレータを降りたところで、「こっちじゃないの？」ってお母さんに声をかけられた。駅ビルの中にもEバーガーの店舗《てんぽ》があるのだ。

「そっちじゃなくて、京成千葉中央駅《けいせいちばちゅうおうえき》の方」

たちまちお母さんの眉間《みけん》に皺《しわ》ができる。

「なんでそんな離れたところなの？」

駅で見かけた隼人さんのあとを追いかけて、なんてことは言えない。

お母さんは小さく嘆息し、「まぁいいわ」と応えて歩きだす。理解するのは放棄《ほうき》したんだろう。

「……なんとなく？」

あと数日で九月。でも夏の太陽はまだまだ威力《いりょく》が衰《おとろ》えず、駅から徒歩十分の距離《きょり》でも汗《あせ》だくになる。会話がないので、余計に首や背中を落ちていく汗の軌跡《きせき》が気になった。

こうして、京成千葉中央駅前のスクランブル交差点の前まで到着した。Eバーガー京成千葉中央駅前店は目と鼻の先だ。

「裏口みたいなところから入ればいいの？」

そう訊いてくるお母さんに、私は向き直った。

そして。

「――嘘ついて、ごめんなさい」

全力で頭を下げた。

お母さんは少し驚《おどろ》いたように目を瞬《しばた》いたけど、見る間に怪訝《けげん》な表情になる。

「まさか、そこのEバーガーじゃないってこと？」

あらぬ勘違《かんちが》いをされてしまって、慌てて首を横にふる。

「そこのお店で合ってる！　嘘っていうのはその……バイトのこと、黙ってたから」

「そう」

「あと、部活とか文化祭の準備も嘘だった。部活、入りそびれちゃって帰宅部だし」

「そうだったの？」

「あとその、この間、門限破ったのも、本当はバイトの人たちと花火やってた」

これにはお母さんの目が吊《つ》り上《あ》がった。

「そんな夜遊びまでさせられて――」

「させられたんじゃない。私がしたかったから！」

歩行者信号が青になって、道行く人たちが私たち親子に不思議そうな目を向けていく。

「頭痛くなってきた……」

言葉どおり、お母さんは額に手を当ててしまう。それに私は、もう一回謝《あやま》った。

「ごめんなさい。たくさん嘘ついて、本当にごめん。だけど……だけど私、辞めたくなかった。こんな風に反対されるってわかってたから、だから言えなかった」

「お小遣《こづか》いが足りなかったってこと？　それなら言ってくれれば」

「お金じゃないの！」

なかなかうまく話せず、そんな自分がじれったい。

自分の気持ちをちゃんと伝えられる、そんな自分になりたいのに――

ふと、自分の中にある〝スイッチ〟のことを思い出した。

Eバーガーのプレイヤーを演じるための、私のスイッチ。

なりたい自分になるために演じたかった。

――今ここで、使えるだろうか。

深呼吸する。

何も言えない、甘えてばかりの自分はもうイヤだ。

心の中で、スイッチをそっと入れる。

私は、変わりたい。

「……私、作草部《さくさべ》高校に入ってからも、ずっと新宿幕張《にいじゅくまくはり》高校のこと引きずってた。行きたかった高校はここじゃないのにって。それで部活も入れなくて、友だちもうまく作れなくて……学校行くのも、夏休みになるのもずっと気が重かった」

だけど、とEバーガーのお店の方をふり返る。

「アルバイト始めて、がんばって仕事も少しずつだけどできるようになって、新しい友だちとか、バイト仲間もできて……楽しかった。がんばれるものができて嬉《うれ》しかった。ここなら、イヤな自分を変えられるような気がした」

黙ったままのお母さんに、私はゆっくりと頭を下げる。

「急にシフトを抜《ぬ》けたら、お店にも迷惑かかるから。今日はこのまま、シフトに入らせてください」

「何言って――」

「私が働いてるとこ、一度でいいから見てください」

夏の日差しの下、頭を下げたまま返事を待つ。

言いたいことは言えた。

これで通じなかったら、もうそこまでだ――

たっぷりすぎる間のあと、ようやくお母さんは口を開いた。

「……わかった」

顔を上げると、お母さんは険しい表情ながらも、まっすぐにこちらを見てくれていた。

「今日は働きなさい。あとで買いに行くから」

「ありがとう！」

「だけど、許したわけじゃありませんからね」

腕を組んでそう言うお母さんに頷いて返し、私はお店の裏口に駆《か》けた。

裏口のインターフォンを押すと、ドアを開けてくれたのは源くんだった。エプロンをしているので、今日はキッチンを担当しているんだろう。

「おはようございます」

「一人？　お母さんは？」

意外そうな顔をした源くんに、私は事情を説明した。

「じゃあ、あとで客として店に来るってこと？」

「そう」

「わかった」と応えると、源くんはキッチンの方に引っ込んだ。

外でお母さんと話していたせいで、もうＩＮまであまり時間がない。私は慌てて楽屋に入り、そそくさと制服に着替《きが》えて鏡の前で全身をチェックした。

二つに結んだ髪。

音符《おんぷ》の刺繍《ししゅう》があるバイザー。

ダークグレーのシャツに黒いパンツの制服。

心の中で、スイッチを入れる。

今の私は、Ｅバーガーのプレイヤー。

身支度《みじたく》を調《ととの》えてお店の方に行くと、諏訪《すわ》店長が資材棚《しざいだな》の整理をしていた。

「おはようございます！」

元気よく挨拶すると、諏訪店長は軍手をはめた手で段ボール箱を整理しながら、「おはよう」と明るくのんびり返してくれた。

「今日もいい挨拶だね」

その言葉に背中を押されつつ、キッチンを通ってカウンターの方に出た。カウンターエリアとキッチンのちょうど中間にあるポテトエリア。そこで源くんと、一つに結《ゆ》った黒髪《くろかみ》の誰かがしゃべっていた。

見覚えのあるようなないような。誰だろう、とそちらに近づいた私は、思わず「あっ」と声を上げた。

「萌夏さん、その髪、どうしたんですか？」

源くんと立ち話をしていた萌夏さんは、日本人形みたいな黒髪になっていた。

「昨日の夜、染めたんだ。変？」

「変ってわけじゃ、ないですけど……」

ニッと笑《え》んで、萌夏さんはその理由を教えてくれる。

「昨日、拓真《たくま》から今日シフトが入ってるみんなにメッセがあってさ。優芽ちゃんのお母さんが襲来《しゅうらい》する予定だから、派手な格好は控《ひか》えてくれって」

驚いて源くんを見たけど、ぷいと顔を逸《そ》らされ、そそくさとキッチンの方に引っ込んでしまうので、その表情を見ることは叶《かな》わなかった。

「お母さん、超怖《ちょうこわ》くてマジメっぽいもんね。バイト仲間が茶髪《ちゃぱつ》とか、イヤがるかなと思って」

「でも、よかったんですか？」

「いいのいいの、これくらい！」

パシンと軽く背中を叩《たた》かれ、込み上げた熱いものは呑《の》み込《こ》んだ。

それから、キッチンにいる源くんの方をチラと見る。

……「話を聞くくらいしか俺にはできない」とか、言ってたのに。

にわかに頬《ほお》が熱くなるのを感じつつ、POSマシンで出勤時間を入力して背筋をしゃんとした。

今日もがんばろう。

INしたら、まずは客席を一周。

掃除用《そうじよう》のクロスを持って椅子《いす》や机を整頓《せいとん》して端《はし》から順番に拭いていき、ゴミ箱がいっぱいになってないか、トイレが汚《きたな》くなってないか確認《かくにん》してカウンターに戻る。

それから、今度は資材の補充《ほじゅう》。

ペーパーナプキンやカップが少なくなってないか確認し、ついでにホットコーヒーやアイスティーの作り置き時間をチェックして頭に入れ、時間切れになったらすぐに作り直せるようにしておく。

そんな風にいつものタスクをこなし、カウンターの前に立ったときだった。

ポロロロンって音が鳴り、入口の自動扉《じどうとびら》が開いた。

「いらっしゃいませ、こんにちは！」

お母さんが店に現れた。

オーガニック食品好きのお母さんは、ファストフード店には滅多《めった》に入らない。そういう事情もあってか、なんだか物珍《ものめずら》しそうにオーケストラの仲間たちや音符の装飾《そうしょく》などを眺《なが》めつつ、ゆっくりとレジカウンターに近づいた。

そばにいた萌夏さんに目配せされ、私は小さく頷いて返した。私は空いていたPOSマシンの前に出て、「こちらのレジへどうぞ」とお母さんを促す。

お母さんはどこか緊張した面持《おもも》ちで、カウンターを挟《はさ》んで私と向かい合った。カウンターエリアの方が客席より少し高く造られているので、目線は私の方が少し高い。

「ご来場ありがとうございます。こちらでお召《め》し上《あ》がりでしょうか？」

私の言葉に、お母さんは頷いた。

「そうね。ここで」

それから、お母さんはカウンターのメニューの上で、迷ったように視線を右往左往させてから、顔を上げて訊いてきた。

「おすすめは？」

予想外の質問にプレイヤーの仮面がはがれかけ、えっと、って私は慌ててメニューに目を落とした。

おすすめなんてこれまで訊かれたことなくて、必死に考える。

お母さんは脂《あぶら》っこいものが苦手。

だったら。

「ヘルシーなメニューの方がよろしいでしょうか？」

「そんなのあるの？」

私はセットメニューの一つを指差した。

「こちらの、お豆腐《とうふ》バーガーはいかがでしょうか？　お肉ではなく、蒸《む》した豆腐のハンバーグがパンの間に挟まれてます。夏限定のレモンソースでさっぱりした味わいです」

「そう……じゃあ、これで」

内心ホッと胸を撫《な》で下《お》ろす。

「サイドメニューはいかがなさいますか？　フライドポテト、コールスローサラダ、オニオンリングからお選びいただけます」

お母さんはサイドメニューにコールスローサラダ、ドリンクにアイスティーを選び、お会計を済ませた。

「ただいま用意いたしますので、左手の受《う》け渡《わた》しカウンターの前でお待ちください」

小さく頭を下げて、早速《さっそく》トレーを用意する。

萌夏さんがアイスティーを用意してくれ、源くんが作ってくれたお豆腐バーガーもすぐにでき上がる。

そして、私がカウンターの小さな冷蔵庫からコールスローサラダのカップを取り出せば、メニューはすべて揃《そろ》った。

「お豆腐バーガーのセットでお待ちのお客さま、」

声をかけると、腕を組んで壁《かべ》にもたれていたお母さんはハッとしたように顔を上げる。

「大変お待たせいたしました。こちら、どうぞお気をつけてお持ちください」

お母さんはトレーを用意した私をじっと見つめ、そして。

ふっと表情を緩めた。

両手でトレーを受け取り、小さく「ありがとう」と礼を言ってくれる。

……色んなことが、ちゃんと伝わったらいいいな。

最後に、私は笑顔《えがお》でひと言添《そ》える。

「どうぞ、素敵なハーモニーをお楽しみください！」

お母さんがトレーを持って壁際《かべぎわ》の席に着くのを、遠巻きに眺めていたら。

「優芽ちゃん、ばっちりじゃん！」

萌夏さんが丸い目をさらに丸くして、私を肩《かた》で小突《こづ》いた。

「だ、大丈夫《だいじょうぶ》ですかね……」

接客していたときは必死だったけど、いざトレーを渡し終えたら不安になってきた。

私なんてまだまだ接客ビギナー。精いっぱいやったところで、レベルは知れている。

とはいえ、ドキドキしていてもしょうがない。お母さんの接客は終わったし、あとはいつもどおり、しっかり時給分働かなければ。

お掃除したり、新しいお客さんを迎《むか》えたり。お豆腐バーガーのセットをゆっくりと食べているお母さんの動向が気になりつつも、そんな風に働いていたときだった。

「ねぇねぇ、守崎さんのお母さんが来てるって聞いたんだけど、ホント？」

資材棚の整理をしていた諏訪店長が、ひょっこりカウンターの方に顔を出した。

「はい、あの、壁際の席の……」

「そっか！　挨拶しといた方がいいよね」

えっと思ったが止める間もなく、店長はカウンターを出て客席の方へ行ってしまう。

それを見ていたら、キッチンの方にいた源くんがこっちにやって来た。萌夏さんが「ねぇねぇ」って源くんに訊く。

「諏訪店長にもメッセ送ったの？」

源くんはきょとんとし、「まさか」と答えた。それから、店長がうちのお母さんに近づいていくのに気づいたらしい、眉間に皺を寄せて私の方を向く。

「諏訪店長、なんでお母さんの方に行ってんだよ」

「挨拶するって」

源くんは「大丈夫かよ……」と呟《つぶや》く。

「諏訪店長、悪い人じゃないけど抜けてるもんねー」

「失言が多くて出世できないって噂《うわさ》聞いたぞ」

萌夏さんと源くんの会話がにわかに不安になったところで、とうとう店長がお母さんに声をかけてしまった。

「お食事中に突然《とつぜん》、すみません」

コールスローサラダをフォークでつついていたお母さんが、きょとんとして諏訪店長を見た。

「わたくし、この店の店長をしております、諏訪と申します」

「あ、それはどうも……」

お母さんはフォークをトレーに置き、立ち上がって頭を下げる。

「いつもその、優芽がお世話に……」

「こちらこそ、守崎さんにはいつもテキパキ働いていただいて助かっています！」

にこにこと笑う店長に、お母さんはちょっと気まずそうに「はぁ」と応えた。

「うちの子、引《ひ》っ込《こ》み思案《じあん》だし、接客なんて向いてないんじゃゃ……」

「そんなことないですよ！　最初は大変そうでしたが、今はすごく堂々としていて立派なものです！」

諏訪店長の言葉はなんとも大げさで、みるみるうちに私の顔は赤くなる。

「いつもまじめに取り組んでいただいてますし、九月以降も学校生活とアルバイトをうまく両立させたいと伺《うかが》いました。非常に助かります！」

たちまちじと目になってこっちを見たお母さんに気づき、慌てて目を逸らす。

二学期以降も働くつもりでいたっていうの、ここで言わなくてもよかったよ店長！

私の心の声など届くこともなく、何も知らない諏訪店長はにこりと笑んで頭を下げた。

「今後とも、どうぞよろしくお願いします」

ほんの数秒だけど、間があった。

お母さんはそんな諏訪店長をじっと見つめて――

やがて、諦めたように静かに嘆息した。

「こちらこそ、娘《むすめ》をよろしくお願いします」

そして、お母さんも頭を下げ返した。

お母さんはお昼前に店を出ていき、慌ただしいランチタイムのピークを迎え、私はお昼休《ひるきゅう》憩《けい》に入った。

今日はお弁当もないし、お豆腐バーガーのセットでも買おうかなって考えつつ、ロッカーにしまっていたスマホを見たらお母さんからメッセが届いててドキリとした。一時間前、お店を出てすぐに送ってきたみたいだ。

諏訪店長にはあんな風に挨拶してたけど、やっぱりダメってことだったらどうしよう……。

怖々《こわごわ》メッセを開くと、表示されたのは端的な質問だった。

『二学期からもアルバイト続けたいの？』

すぐさま『うん』って返し、続きをポチポチ入力する。

『部活の代わりにやりたいです。門限に間に合う時間のシフトにします。ダメですか？』

もう仕事中かと思ったけどメッセはすぐに既読《きどく》になって、緊張する間もなく返信があった。

『成績が落ちたらすぐさま辞めるくらいの覚悟《かくご》はありますか？』

それくらいは、もちろん。

『あります！』

そしてじれったい数秒のあと、返信が表示された。

『今後は今回みたいな嘘はつかないこと、学業と両立できるペースで働くこと。それが守れるなら許可します。いいですか？』

何度も何度もその文面を見返すうちに、目の奥《おく》が、耳の先が、じわりと熱くなっていく。

お母さんにわかってもらえた。

やりたいことを伝えられた。

私にだってできた。

『わかりました！　本当にありがとう！』

震《ふる》える指でなんとかお礼を返信すると、もういても立ってもいられなくなって、私は楽屋を飛び出した。

「源くん！」

源くんはウォークイン冷蔵庫のところにいて、キッチンの資材の補充をしていた。私はそこに駆け寄ると、印籠《いんろう》のようにスマホの画面を眼前に突きつける。

源くんの目がスマホの文字を追い、そして私を見た。

「よかったな」

「うん。源くん、ありがとう」

「自分でどうにかしたんだろ。俺は何も――」

「ありがとう。本当にありがとう！」

表情筋がゆるゆるになってる私に、源くんは呆《あき》れたような顔を見せたけど。

その目元を、やがてちょっとだけ緩めた。

「簡単に辞めんなよ」

「もちろん」

「あと、もう泣きながら電話してくんな」

「し、しないし！」

小さく笑って仕事に戻っていく源くんを見送って。

たまらなくなった私は、再び楽屋に飛び込んだ。

……どうしよう。

両手を頬に当てて、その場にずるずるとしゃがみ込む。

さっきまでとは比べものにならないくらい、足の先から頭のてっぺんまで身体《からだ》が熱くなっていた。

全身の血管が心臓になったように、バクバクして止まらない。

ぶっきらぼうな低い声、つっけんどんな態度。

それでもなんだかんだ、すごくすごく優しくて。
ちょっと鋭《するど》いあの目が笑うのを、もっともっと見たいって思った。
ドキドキしすぎた心臓が、段々痛くなってくる。
うまく呼吸ができなくて、頬を押さえたままの両手の指が震えた。
Ｌｏｖｅの意味での好きって、きっとこういうのだ。

私、源くんのこと好きだ。

エピローグ

ドキドキしすぎて心臓がヘロヘロになっているのを感じつつ、お豆腐《とうふ》バーガーのセットを楽屋で食べていたら、「おはよーございまーす」と呑気《のんき》な声がした。

「あ、おはようございます」

楽屋に現れたのは隼人《はやと》さんだった。そういえば、今日は二時からのシフトだった気がする。

あいかわらずの爽《さわ》やかな笑《え》みを浮《う》かべてやって来た隼人さんは、「そういえば」と思い出した顔で訊《き》いてくる。

「昨日、拓真《たくま》からメッセで聞いたんだけど。優芽《ゆめ》ちゃんのお母さん、お店に来たの？」

源《みなもと》くんってば、どこまでメッセを回したんだろう……。

ありがたいような恥《は》ずかしいような、顔が熱くなるのを感じつつ頷《うなず》いた。

「午前中に……」

「バイトのことで、お母さんとなんか揉《も》めてたの？」

心配そうに訊かれ、「はい」って答える。

「でも、みなさんのおかげでもう解決しました」

「そっか。ならよかったね」

自分のことのようにホッとした顔の隼人さんは、やっぱりいい人だなって思うし癒《い》やされる。

チラと壁《かべ》に貼《は》られたプレイヤーの写真を見る。

あそこには、隼人さんの元カノが何人かいるらしいけど。

別にそれ、私には関係ないし。

なら、変に意識したり、苦手に思ったりする必要なんてないよね。

隼人さんの演劇への情熱は本物だし、私はそういうところに憧《あこが》れたのだ。それをわざわざなかったことにする必要はない。

それに。

「私、ここでアルバイトすることにして、よかったです」

隼人さんのおかげで、このお店に来られて、色んな出会いがあった。

それはとってもよかったことだ。

私の言葉に、隼人さんもにっこりしてくれた。


こうして昼休憩《ひるきゅうけい》も終わり、私はそっと楽屋を出た。

キッチンのタイマーやカウンターの方から聞こえてくる声に、これまでにないほどのドキドキを感じて、そわそわするし足元はふわふわだ。

……普通《ふつう》にしなきゃ。

今さら態度がおかしくなったら、絶対変に思われるし。

静かに深呼吸して、よし、と気合いを入れて前に出かけた――けど。

私はすぐに足を止め、資材棚《しざいだな》の陰《かげ》に隠《かく》れた。

これから休憩に入るんだろう。源くんが外したエプロンを畳《たた》みつつ、キッチンのすみの方で萌夏《もか》さんとしゃべっていた。

「――なんかすいません、髪《かみ》まで染めさせて」

源くんは私には塩対応だけど、敬語もちゃんと使えるし、私以外の人とは雑談もする。萌夏さんは年上なので、当然敬語。

そんなことはわかってるのに、ドキドキしていた心臓が急にすぼまる感じがした。

「ま、たまには黒髪もいーし」

萌夏さんはカラッと笑って、それからちょっと中腰《ちゅうごし》になり、源くんの顔を覗《のぞ》き込《こ》む。

「どう？　黒いのも似合うでしょ？」

萌夏さんが、からかうようにそう訊いた瞬間《しゅんかん》だった。

源くんが破顔した。

私に見せた、目元にちょッぴり浮かべるような笑みとはまったくの別もの。

その笑顔は、ふんわり柔《やわ》らかい。

「そうっすね。似合ってます」

「何それ、すっごいお世辞っぽい」

「そんなことないです」

それ以上見てられなくて、私は二人から顔を背《そむ》けた。

……知らない。

源くんのあんな顔、私は知らない。

私だけじゃない。ほかの誰《だれ》にも、今まであんな笑顔、見せてなかったのに。

――萌夏さんになら、萌夏さんと二人のときなら、あんな風に笑えるってこと？

「――何やってんだ？」

いつの間にこっちに来たのか、資材棚の陰にいた私のところに源くんがやって来ていた。

その表情は、もういつもの仏頂面《ぶっちょうづら》に戻《もど》ってる。

「……別に、何も」

「あっそ」

いつもどおりの反応なのに、その素っ気なさが泣きたくなるほど胸に刺《さ》さる。

さっきまでのドキドキふわふわした気分はたちまち霧散《むさん》して、もうカケラも残ってない。楽屋に去っていく源くんから離《はな》れるように、私は足早に店の方へと戻った。

〈続く〉

神戸遥真（こうべはるま）

千葉県生まれ。第５回集英社みらい文庫大賞優秀賞受賞。『恋とポテトと夏休み』などの「恋ポテ」シリーズで第45回日本児童文芸家協会賞受賞、「Ｅバーガー」シリーズ全６巻、スピンオフ作品『きみとホームで待ち合わせ』、『笹森くんのスカート』（厚生労働省社会保障審議会特別推薦作品）（以上講談社）などがある。また、第21回千葉市芸術文化新人賞奨励賞受賞。ほかの著書に「藤白くんのヘビーな恋」シリーズ（講談社青い鳥文庫）、「ぼくのまつり縫い」シリーズ（偕成社）、『きゅん恋♥あこがれ両思い』（野いちごジュニア文庫）などがある。

恋《こい》とポテトと夏休《なつやす》み　E《イー》バーガー1

2020年4月21日　第1刷発行
2023年3月13日　第4刷発行

著者――――――神戸遥真《こうべはるま》
画―――――――おとないちあき
装丁――――――岡本歌織 (next door design)
発行者―――――鈴木章一
発行所―――――株式会社講談社
〒112-8001
東京都文京区音羽2-12-21
電話　編集　03-5395-3535
　　　販売　03-5395-3625
　　　業務　03-5395-3615
KODANSHA
印刷所―――――共同印刷株式会社
製本所―――――株式会社若林製本工場
本文データ制作――講談社デジタル製作

N.D.C. 913　217p　20cm　ISBN978-4-06-519115-6

本書は書き下ろしです。

恋×アルバイト×友情

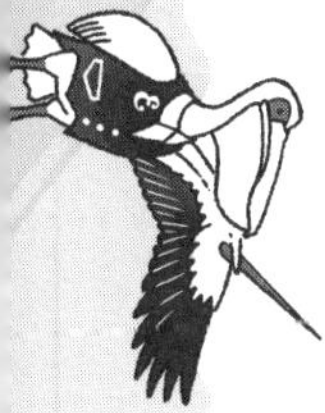

『恋とシェイクとバレンタイン
Eバーガー4』

千葉県立千葉女子高校生徒さん達　感想より

「主人公と一緒に**成長できる**、主人公を**心の底から応援**」

「こんな青春が待っていたらいいな」

「『**変われない**』**悩み**を抱えた主人公が様々な人と接し、
社会に出て成長していく**姿に心打たれる**。」

「とっても面白かった！
出てくる場所の『**聖地巡礼**』をしてみたいです」

「弱い自分の心をとっぱらって
自分に正直に**挑戦してみたくなった**」

神戸遥真の本

『きみとホームで待ち合わせ』

千葉県立作草部高校、最寄り駅は総武線・西千葉駅。
生徒たちはそこから県内のいろいろな場所へと帰っていく。作草部高校1年の教室で「深田さんのことが好きです」と書かれた匿名のラブレターが教室でひろわれたことから始まる、6人それぞれの恋の物語。

『笹森くんのスカート』

（厚生労働省社会保障審議会特別推薦）

――――我が校では、今年度からジェンダーフリー制服を導入しまして……。
「笹森くんのすらりとした引きしまった長い脚が、今日はまた一段と際立っていた。
笹森くんが、ひだの均等なスカートを穿いていたから。
教室の入り口でそれに気が付いたぼくは、ゆっくりと二度瞬きした。」
夏休みあけ、いきなりスカートで登校をはじめた笹森くんをめぐる4人の物語。